如何準備 SAT 字彙

對於想要到美國讀書的高中畢業生而言，SAT 考試是必經的重要關卡。從 SAT 各分項測驗來看，中國考生比較難過關的，不在於數學，而在於語文能力測驗。語文測驗中，最重要的就是字彙。這些字彙平時少用，難背。

利用簡單的字和 SAT 單字混合在一起，背起來就輕鬆了。例如，SAT 中的 adept *adj.* 精通的，我們用 adapt–adopt–adept 一起背，就變得簡單。再如，affable〔ˊæfəbḷ〕*adj.* 友善的，我們用 amiable（友善的）– amicable（友善的），再加上 affable，三個同義字一起背。還有，為了背 affront〔əˊfrʌnt〕*v.n.* 公然侮辱，我們把 front–confront–affront 放在一起，就更容易了。

SAT 的關鍵字彙我們用紅字表示，除了詳細解說它的意思外，並附上同義字和例句。因為英文裡有很多同義字，背到 mollify〔ˊmɑləˌfaɪ〕*v.* 使平靜；安撫的時候，想到似乎前面背過，此時必須用「同義字」，把它們串聯起來。背過的單字再用同義字複習，腦筋更清楚。例如：

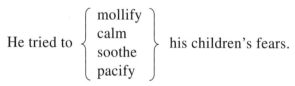

He tried to {mollify / calm / soothe / pacify} his children's fears.

（他試圖安撫孩子們的恐懼。）

我們背的 conciliate，主要意思是「使平靜；安撫」，但是它還有「使和好；調解」的意思，如：It is hard to ***conciliate*** their views.（他們的看法很難調和。）所以，藉由背同義字，可以了解單字其他的涵義。

全書由謝沛叡老師擔任總指揮，黃淑貞小姐、蘇淑玲小姐負責排版，白雪嬌小姐負責設計封面，李冠勳老師、謝靜芳老師、張怡萱老師及美籍老師 Laura E. Stewart 負責校對。本書雖經審慎編校，疏漏之處恐所難免，誠盼各界先進不吝指正。

劉毅

1. *abate*

bate	〔 bet 〕	*v.*	減少
abate	〔 ə'bet 〕	*v.*	減少
debate	〔 dɪ'bet 〕	*v.*	辯論
abduct	〔 æb'dʌkt 〕	*v.*	綁架
abdicate	〔'æbdə,ket 〕	*v.*	放棄
abdomen	〔'æbdəmən 〕	*n.*	腹部
abort	〔 ə'bɔrt 〕	*v.*	墮胎
abortion	〔 ə'bɔrʃen 〕	*n.*	墮胎
abhorrent	〔 əb'hɔrənt 〕	*adj.*	可惡的

【SAT 同義關鍵字】

1. **abate** *v.* 減少；減輕（ = *bate* = *lessen* = *reduce* = *decrease* ）
   She is trying to ***abate*** the tension between her siblings.
   （ 她試著緩和她手足間的緊張關係。 ）

2. **abdicate** *v.* 放棄；讓位
   （ = *quit* = *give up* = *abandon* ）
   King Edward chose to ***abdicate*** the
   throne.（ 艾德華國王選擇放棄王位。 ）

abdicate

3. **abhorrent** *adj.* 可惡的；令人厭惡的
   （ = *hateful* = *disgusting* = *detestable* ）
   His ***abhorrent*** deeds deserve the most severe punishment.
   （ 他的可惡行為應處以最嚴厲的懲罰。 ）

2. absolve

absolute	〔'æbsə,lut 〕	*adj.* 絕對的
absolutely	〔'æbsə,lutlɪ 〕	*adv.* 絕對地
absolve	〔 æb'salv 〕	*v.* 赦免
abstract	〔'æb,strækt 〕	*adj.* 抽象的
abstraction	〔 æb'strækʃən 〕	*n.* 抽象概念
abstain	〔 æb'sten 〕	*v.* 戒
abnormal	〔 æb'nɔrml̩ 〕	*adj.* 不正常的
abysmal	〔 ə'bɪzml̩ 〕	*adj.* 極悲慘的
abyss	〔 ə'bɪs 〕	*n.* 深淵

【SAT 同義關鍵字】

1. **absolve** *v.* 赦免；解除 (= *discharge* = *relieve* = *release*)
   We agree to *absolve* them from their obligation.
   （我們同意免除他們的責任。）

2. **abstain** *v.* 戒 < *from* > (= *give up* = *quit* = *avoid*)
   The ace basketball players usually *abstain* from alcohol.
   （優秀的籃球員通常戒絕酒精。）

3. **abysmal** *adj.* 極悲慘的；如深淵般的
   (= *terrible* = *dreadful* = *extremely bad*)
   Due to the recession, the performance of this quarter is
   abysmal. （由於經濟的衰退，這一季的表現眞是慘不忍睹。）

3. acrimony

acrid	〔'ækrɪd 〕	*adj.* 刺激的
acrimony	〔'ækrə,monɪ 〕	*n.* 嚴厲
acrimonious	〔,ækrə'monɪəs 〕	*adj.* 嚴厲的
acquire	〔 ə'kwaɪr 〕	*v.* 獲得
acquistion	〔,ækwə'zɪʃən 〕	*n.* 收穫
acquit	〔 ə'kwɪt 〕	*v.* 無罪開釋
accuse	〔 ə'kjuz 〕	*v.* 控告
acute	〔 ə'kjut 〕	*adj.* 劇烈的
acumen	〔 ə'kjumɪn 〕	*n.* 敏銳

【**SAT 同義關鍵字**】

1. **acrimony** *n.* 嚴厲；尖酸刻薄
   (= *harshness* = *bitterness* = *sharpness*)
   Their dispute was settled without ***acrimony***.
   （他們之間的爭議沒有經歷激烈的爭吵就解決了。）

2. **acquit** *v.* 無罪開釋；免除（責任）< *of* >；還清
   (= *free* = *discharge* = *absolve*)
   The jury ***acquitted*** her of all charges.
   （陪審團宣告她未犯被指控的諸項罪行。）

3. **acumen** *n.* 敏銳；洞察力（= *keenness* = *cleverness* = *sharpness* ）
   His political ***acumen*** won him the election.
   （他的政治敏銳度使他贏得選戰。）

4. adept

adapt	〔ə′dæpt〕	*v.*	使適應
adopt	〔ə′dɑpt〕	*v.*	採用
adept	〔ə′dεpt〕	*adj.*	熟練的
pregnant	〔′prεgnənt〕	*adj.*	懷孕的
dormant	〔′dɔrmənt〕	*adj.*	休眠的
adamant	〔′ædəmənt〕	*adj.*	堅定的
android	〔′ændrɔɪd〕	*n.*	機器人
adroit	〔ə′drɔɪt〕	*adj.*	靈巧的
exploit	〔ɪk′spɔɪt〕	*v.*	利用

【SAT 同義關鍵字】

1. **adept** *adj.* 熟練的;擅長的 (= *skillful* = *proficient* = *expert*)
   He's very ***adept*** at maintaining public relations.
   (他非常擅長維持公共關係。)
   【比較】adapt 的 a 想到 adjust (調整;適應);adopt 的 o 代表
   　　　　orphan (孤兒),想到「領養;採用」。

2. **adamant** *adj.* 堅定的;固執的 (= *firm* = *determined* = *stubborn*)
   He is ***adamant*** in his decision. (他對於他的決定非常堅定。)

3. **adroit** *adj.* 靈巧的;敏捷的 (= *artful* = *skilled* = *masterful*)
   His ***adroit*** replies to hecklers won him many followers.
   (他對於質問機靈的回答贏得許多追隨者。)

5. adulation

adolescence	〔͵ædḷˈɛʃns〕	*n.*	青春期
adulthood	〔əˈdʌlthʊd〕	*n.*	成年時期
adulation	〔͵ædʒəˈleʃən〕	*n.*	奉承
amiable	〔ˈemɪəbḷ〕	*adj.*	友善的
amicable	〔ˈæmɪkəbḷ〕	*adj.*	友善的
affable	〔ˈæfəbḷ〕	*adj.*	友善的
attraction	〔əˈtrækʃən〕	*n.*	吸引
affection	〔əˈfɛkʃən〕	*n.*	愛慕
affinity	〔əˈfɪnətɪ〕	*n.*	默契

【SAT 同義關鍵字】

1. **adulation** *n.* 奉承；諂媚
   (= *flattery* = *sycophancy* = *insincere praise*)
   He basks in other people's ***adulation***.
   (他陶醉在別人的奉承中。)

2. **affable** *adj.* 友善的；隨和的 (= *kindly* = *pleasant* = *friendly*)
   He is an extremely ***affable*** and approachable man.
   (他是個非常友善而且易於親近的人。)

3. **affinity** *n.* 默契；親近感；相似之處
   (= *kinship* = *connection* = *similarity*)
   There's an ***affinity*** between the twins that's very rare.
   (雙胞胎之間有種非常罕見的默契。)

6. *agility*

agent	〔ˋedʒənt〕	*n.*	代理人
agile	〔ˋædʒaɪl〕	*adj.*	敏捷的
agility	〔əˋdʒɪlətɪ〕	*n.*	敏捷
front	〔frʌnt〕	*n.*	前面
confront	〔kənˋfrʌnt〕	*v.*	面對
affront	〔əˋfrʌnt〕	*v. n.*	公然侮辱
agreement	〔əˋgrimənt〕	*n.*	協議
aggression	〔əˋgrɛʃən〕	*n.*	侵略
aggregation	〔͵ægrɪˋgeʃən〕	*n.*	集合

【SAT 同義關鍵字】

1. **agility** *n.* 敏捷；靈活（ = *cleverness* = *swiftness* = *adroitness* ）
   She is a person with *agility* of mind.
   （她是個思想敏捷的人。）

2. **affront** *v.* 公然侮辱；冒犯（ = *offend* = *insult* = *spite* ）
   n. 公然侮辱；冒犯
   The professor was deeply *affronted* by the remark.
   （教授為此評論深受觸怒。）

3. **aggregation** *n.* 集合；集成
   （ = *collection* = *accumulation* = *assemblage* ）
   Society is more than just an *aggregation* of individuals.
   （社會不僅僅只是個人的集合體。）

7. *allay*

allow	〔ə'laʊ〕	*v.*	允許
ally	〔ə'laɪ〕	*v.*	結盟
allay	〔ə'le〕	*v.*	使緩和
alter	〔'ɔltɚ〕	*v.*	改變
alternative	〔ɔl'tɝnətɪv〕	*n.*	替代物
altruistic	〔ˌæltru'ɪstɪk〕	*adj.*	利他主義的
ambiguous	〔æm'bɪgjuəs〕	*adj.*	模稜兩可的
ambivalent	〔æm'bɪvələnt〕	*adj.*	搖擺不定的
amphibian	〔æm'fɪbɪən〕	*adj.*	兩棲類的

【SAT 同義關鍵字】

1. **allay** *v.* 使緩和；使平靜；平息 (= *ease* = *lessen* = *relieve*)
   He did what he could to ***allay*** his wife's fears.
   （他盡可能地緩和他妻子的恐懼。）

2. **altruistic** *adj.* 利他主義的；利他的
   (= *selfless* = *unselfish* = *self-sacrificing*)
   Animals can have more ***altruistic*** behavior than humans.
   （動物比人類擁有較利他的行為。）

3. **ambiguous** *adj.* 模稜兩可的；引起歧義的
   (= *unclear* = *uncertain* = *equivocal*)
   The modern work is deliberately ***ambiguous***.
   （此現代作品是刻意引起歧義的。）

8. ameliorate

amend	〔 ə'mɛnd 〕	*v.*	修正
amendment	〔 ə'mɛndmənt 〕	*n.*	修正案
ameliorate	〔 ə'miljə,ret 〕	*v.*	改善
analogy	〔 ə'nælədʒɪ 〕	*n.*	類比
analects	〔'ænə,lɛkts 〕	*n. pl.*	文選
anarchy	〔'ænəkɪ 〕	*n.*	無政府狀態
thesis	〔'θisɪs 〕	*n.*	論文
synthesis	〔'sɪnθəsɪs 〕	*n.*	綜合
antithesis	〔 æn'tɪθəsɪs 〕	*n.*	對照

【SAT 同義關鍵字】

1. **ameliorate** *v.* 改善；改良；變好 (= *better* = *amend* = *improve*)
   Nothing can be done to ***ameliorate*** the situation.
   （做任何事都無法改善此情況。）

2. **anarchy** *n.* 無政府狀態；混亂；無秩序
   (= *disorder* = *chaos* = *lawlessness*)
   Anarchy reigned following the death of
   the king. (國王死後出現了無政府混亂狀態。)

Anarchy

3. **antithesis** *n.* 對照；對立 (面) (= *opposite* = *contrast* = *reverse*)
   Hope is the ***antithesis*** of despair.
   （希望的相反就是失望。）

9. antagonism

ant	〔 ænt 〕	*n.*	螞蟻
antarctic	〔 ænt'ɑrktɪk 〕	*adj.*	南極的
antagonism	〔 æn'tægə,nɪzəm 〕	*n.*	敵意
sympathy	〔'sɪmpəθɪ 〕	*n.*	同情
empathy	〔'ɛmpəθɪ 〕	*n.*	同理心
apathy	〔'æpəθɪ 〕	*n.*	漠不關心
ease	〔 iz 〕	*v.*	減輕
please	〔 pliz 〕	*v.*	使高興
appease	〔 ə'piz 〕	*v.*	安撫

【SAT 同義關鍵字】

1. **antagonism** *n.* 敵意；對立 (= *rivalry* = *opposition* = *hostility*)
   He felt a strong *antagonism* towards his immediate superior.
   （他對他的頂頭上司懷著強烈的敵意。）

2. **apathy** *n.* 漠不關心；冷漠；無動於衷
   (= *unconcern* = *coldness* = *indifference*)
   How to overcome the voters' *apathy* became one of concerning issues for the candidates.
   （如何克服選民的冷漠成為候選人關切議題之一。）

3. **appease** *v.* 安撫；平息；緩和 (= *ease* = *calm* = *soothe*)
   She explained the situation to him in order to *appease* his curiosity. （她解釋情況以平息他的好奇心。）

10. approbation

approve	〔 əˈpruv 〕	*v.*	同意
approval	〔 əˈpruvl̩ 〕	*n.*	同意
approbation	〔 ˌæprəˈbeʃən 〕	*n.*	許可
comprehension	〔 ˌkɑmprɪˈhɛnʃən 〕	*n.*	理解
comprehensive	〔 ˌkɑmprɪˈhɛnsɪv 〕	*adj.*	全面的
apprehensive	〔 ˌæprɪˈhɛnsɪv 〕	*adj.*	憂慮的
state	〔 stet 〕	*n.*	狀態
estate	〔 ɪsˈtet 〕	*n.*	地產
apostate	〔 əˈpɑstet 〕	*n.*	變節者

【SAT 同義關鍵字】

1. **approbation** *n.* 許可;認可;核准
   (= *support* = *approval* = *recognition*)
   The result has not met universal ***approbation***.
   (結果並沒有達到普遍的認可。)

2. **apprehensive** *adj.* 憂慮的;善領會的
   (= *worried* = *anxious* = *concerned*)
   I'm a bit ***apprehensive*** about the trip. (我有點擔心這次的旅行。)

3. **apostate** *n.* 變節者;反叛者 (= *betrayer* = *deserter* = *traitor*)
   adj. 放棄信仰的;脫黨的;變節的
   The woman was considered an ***apostate*** from Islam and was
   sentenced to death.
   (這女人被認為是伊斯蘭教的叛教者且被處以死刑。)

11. **archaic**

arch	〔 ɑrtʃ 〕	*n.*	拱門
archaic	〔 ɑr'ke·ɪk 〕	*adj.*	古代的
archaeology	〔ˌɑrkɪ'ɑlədʒɪ 〕	*n.*	考古學
contrary	〔'kɑntrɛrɪ 〕	*adj.*	相反的
temporary	〔'tɛpəˌrɛrɪ 〕	*adj.*	暫時的
arbitrary	〔'ɑrbəˌtrɛrɪ 〕	*adj.*	武斷的
attain	〔 ə'ten 〕	*v.*	達到
ascertain	〔ˌæsə'ten 〕	*v.*	確定
entertain	〔ˌɛntə'ten 〕	*v.*	娛樂

【SAT 同義關鍵字】

1. **archaic** *adj.* 古代的；古老的 (= *old* = *ancient* = *antique*)
   No one can speak this ***archaic*** language in this village.
   （村莊裡沒有人會說這個古老的語言。）

2. **arbitrary** *adj.* 武斷的；任意的
   (= *unreasonable* = *willful* = *random*)
   Arbitrary arrests were common in autocratic countries.
   （在專制的國家，任意逮捕是稀鬆平常的事。）

3. **ascertain** *v.* 確定；查明 (= *check* = *confirm* = *verify*)
   We ***ascertained*** that he was dead.
   （我們斷定他已死了。）

12. ascendancy

ascend	〔ə'sɛnd〕	*v.*	上升
ascendant	〔ə'sɛndənt〕	*adj.*	上升的
ascendancy	〔ə'sɛndənsɪ〕	*n.*	優勢
ass	〔æs〕	*n.*	驢
assess	〔ə'sɛs〕	*v.*	估價
ascetic	〔ə'sɛtɪk〕	*adj.*	苦行的
sail	〔sel〕	*v.*	航行
assail	〔ə'sel〕	*v.*	攻擊
assailable	〔ə'seləbl̩〕	*adj.*	易受攻擊的

【SAT 同義關鍵字】

1. **ascendancy** *n.* 優勢;權勢
   (= *advantage* = *dominance* = *predominance*)
   Some men have natural ***ascendancy*** over
   others. (有些人就是比其他人有天生的優勢。)

2. **ascetic** *adj.* 苦行的;禁慾主義的
   (= *severe* = *harsh* = *stern*)
   n. 苦行者;禁慾主義者

   a priest

   Priests practice an ***ascetic*** life. (牧師過著苦修的生活。)

3. **assail** *v.* 攻擊;使煩惱 (= *attack* = *aggress* = *assault*)
   He was ***assailed*** by a young man with a knife.
   (他被一個帶刀的年輕男子攻擊。)

自我測驗　1～12

※ 請看下面中文，唸出英文來，你會唸得很痛快。

1. ☐ 減少 _____
   ☐ 減少 _____
   ☐ 辯論 _____

   ☐ 綁架 _____
   ☐ 放棄 _____
   ☐ 腹部 _____

   ☐ 墮胎 _____
   ☐ 墮胎 _____
   ☐ 可惡的 _____

2. ☐ 絕對的 _____
   ☐ 絕對地 _____
   ☐ 赦免 _____

   ☐ 抽象的 _____
   ☐ 抽象概念 _____
   ☐ 戒 _____

   ☐ 不正常的 _____
   ☐ 極悲慘的 _____
   ☐ 深淵 _____

3. ☐ 刺激的 _____
   ☐ 嚴厲 _____
   ☐ 嚴厲的 _____

   ☐ 獲得 _____
   ☐ 收穫 _____
   ☐ 無罪開釋 _____

   ☐ 控告 _____
   ☐ 劇烈的 _____
   ☐ 敏銳 _____

4. ☐ 使適應 _____
   ☐ 採用 _____
   ☐ 熟練的 _____

   ☐ 懷孕的 _____
   ☐ 休眠的 _____
   ☐ 堅定的 _____

   ☐ 機器人 _____
   ☐ 靈巧的 _____
   ☐ 利用 _____

5. ☐ 青春期 _____
   ☐ 成年時期 _____
   ☐ 奉承 _____

   ☐ 友善的 _____
   ☐ 友善的 _____
   ☐ 友善的 _____

   ☐ 吸引 _____
   ☐ 愛慕 _____
   ☐ 默契 _____

6. ☐ 代理人 _____
   ☐ 敏捷的 _____
   ☐ 敏捷 _____

   ☐ 前面 _____
   ☐ 面對 _____
   ☐ 公然侮辱 _____

   ☐ 協議 _____
   ☐ 侵略 _____
   ☐ 集合 _____

7. ☐ 允許 _____
☐ 結盟 _____
☐ 使緩和 _____

☐ 改變 _____
☐ 替代物 _____
☐ 利他主義的 _____

☐ 模稜兩可的 _____
☐ 搖擺不定的 _____
☐ 兩棲類的 _____

8. ☐ 修正 _____
☐ 修正案 _____
☐ 改善 _____

☐ 類比 _____
☐ 文選 _____
☐ 無政府狀態 _____

☐ 論文 _____
☐ 綜合 _____
☐ 對照 _____

9. ☐ 螞蟻 _____
☐ 南極的 _____
☐ 敵意 _____

☐ 同情 _____
☐ 同理心 _____
☐ 漠不關心 _____

☐ 減輕 _____
☐ 使高興 _____
☐ 安撫 _____

10. ☐ 同意 _____
☐ 同意 _____
☐ 許可 _____

☐ 理解 _____
☐ 全面的 _____
☐ 憂慮的 _____

☐ 狀態 _____
☐ 地產 _____
☐ 變節者 _____

11. ☐ 拱門 _____
☐ 古代的 _____
☐ 考古學 _____

☐ 相反的 _____
☐ 暫時的 _____
☐ 武斷的 _____

☐ 達到 _____
☐ 確定 _____
☐ 娛樂 _____

12. ☐ 上升 _____
☐ 上升的 _____
☐ 優勢 _____

☐ 驢 _____
☐ 估價 _____
☐ 苦行的 _____

☐ 航行 _____
☐ 攻擊 _____
☐ 易受攻擊的 _____

※ 請看下面英文，唸出中文來，還有哪個字你不認識嗎 ?!

1. ☐ bate _____
   ☐ abate _____
   ☐ debate _____

   ☐ abduct _____
   ☐ abdicate _____
   ☐ abdomen _____

   ☐ abort _____
   ☐ abortion _____
   ☐ abhorrent _____

2. ☐ absolute _____
   ☐ absolutely _____
   ☐ absolve _____

   ☐ abstract _____
   ☐ abstraction _____
   ☐ abstain _____

   ☐ abnormal _____
   ☐ abysmal _____
   ☐ abyss _____

3. ☐ acrid _____
   ☐ acrimony _____
   ☐ acrimonious _____

   ☐ acquire _____
   ☐ acquistion _____
   ☐ acquit _____

   ☐ accuse _____
   ☐ acute _____
   ☐ acumen _____

4. ☐ adapt _____
   ☐ adopt _____
   ☐ adept _____

   ☐ pregnant _____
   ☐ dormant _____
   ☐ adamant _____

   ☐ android _____
   ☐ adroit _____
   ☐ exploit _____

5. ☐ adolescence _____
   ☐ adulthood _____
   ☐ adulation _____

   ☐ amiable _____
   ☐ amicable _____
   ☐ affable _____

   ☐ attraction _____
   ☐ affection _____
   ☐ affinity _____

6. ☐ agent _____
   ☐ agile _____
   ☐ agility _____

   ☐ front _____
   ☐ confront _____
   ☐ affront _____

   ☐ agreement _____
   ☐ aggression _____
   ☐ aggregation _____

7. ☐ allow ＿＿＿＿＿＿＿
   ☐ ally ＿＿＿＿＿＿＿
   ☐ allay ＿＿＿＿＿＿＿

   ☐ alter ＿＿＿＿＿＿＿
   ☐ alternative ＿＿＿＿＿
   ☐ altruistic ＿＿＿＿＿

   ☐ ambiguous ＿＿＿＿＿
   ☐ ambivalent ＿＿＿＿＿
   ☐ amphibian ＿＿＿＿＿

8. ☐ amend ＿＿＿＿＿＿＿
   ☐ amendment ＿＿＿＿＿
   ☐ ameliorate ＿＿＿＿＿

   ☐ analogy ＿＿＿＿＿＿
   ☐ analects ＿＿＿＿＿＿
   ☐ anarchy ＿＿＿＿＿＿

   ☐ thesis ＿＿＿＿＿＿＿
   ☐ synthesis ＿＿＿＿＿＿
   ☐ antithesis ＿＿＿＿＿

9. ☐ ant ＿＿＿＿＿＿＿＿
   ☐ antarctic ＿＿＿＿＿＿
   ☐ antagonism ＿＿＿＿＿

   ☐ sympathy ＿＿＿＿＿＿
   ☐ empathy ＿＿＿＿＿＿
   ☐ apathy ＿＿＿＿＿＿

   ☐ ease ＿＿＿＿＿＿＿＿
   ☐ please ＿＿＿＿＿＿＿
   ☐ appease ＿＿＿＿＿＿

10. ☐ approve ＿＿＿＿＿＿
    ☐ approval ＿＿＿＿＿＿
    ☐ approbation ＿＿＿＿＿

    ☐ comprehension ＿＿＿＿
    ☐ comprehensive ＿＿＿＿
    ☐ apprehensive ＿＿＿＿

    ☐ state ＿＿＿＿＿＿＿
    ☐ estate ＿＿＿＿＿＿＿
    ☐ apostate ＿＿＿＿＿＿

11. ☐ arch ＿＿＿＿＿＿＿
    ☐ archaic ＿＿＿＿＿＿
    ☐ archaeology ＿＿＿＿＿

    ☐ contrary ＿＿＿＿＿＿
    ☐ temporary ＿＿＿＿＿＿
    ☐ arbitrary ＿＿＿＿＿＿

    ☐ attain ＿＿＿＿＿＿＿
    ☐ ascertain ＿＿＿＿＿＿
    ☐ entertain ＿＿＿＿＿＿

12. ☐ ascend ＿＿＿＿＿＿
    ☐ ascendant ＿＿＿＿＿＿
    ☐ ascendancy ＿＿＿＿＿

    ☐ ass ＿＿＿＿＿＿＿＿
    ☐ assess ＿＿＿＿＿＿＿
    ☐ ascetic ＿＿＿＿＿＿＿

    ☐ sail ＿＿＿＿＿＿＿＿
    ☐ assail ＿＿＿＿＿＿＿
    ☐ assailable ＿＿＿＿＿

13. *assuage*

assure	〔 ə'ʃʊr 〕	*v.*	向～保證
assume	〔 ə's(j)um 〕	*v.*	假定
assuage	〔 ə'swedʒ 〕	*v.*	減輕（痛苦）
assist	〔 ə'sɪst 〕	*v.*	幫助
assistance	〔 ə'sɪstəns 〕	*n.*	援助
assiduous	〔 ə'sɪdʒuəs 〕	*adj.*	勤勉的
diligent	〔'dɪlədʒənt 〕	*adj.*	勤勉的
stringent	〔'strɪndʒənt 〕	*adj.*	迫切的
astringent	〔 ə'strɪndʒənt 〕	*adj.*	嚴峻的

【SAT 同義關鍵字】

1. **assuage** *v.* 減輕（痛苦）；緩和（ = *relieve* = *allay* = *appease* ）
   By doing the things he enjoyed, he was able to *assuage* the bad feelings. (藉由做他喜愛的事，可減緩他不好的情緒。)

2. **assiduous** *adj.* 勤勉的；殷勤的
   (= *tireless* = *diligent* = *persevering*)
   These are *assiduous* public servants who are doing the best they can. (這些是把事情盡力做到最好的勤勉公僕。)

3. **astringent** *v.* 嚴厲的；收縮的；收斂性的
   (= *severe* = *harsh* = *rigid*)
   The recession resulted in the *astringent* effects on the business.
   (經濟衰退對生意造成嚴重的影響。)

14. astute

astonish	〔 ə'stɑnɪʃ 〕	v. 使驚訝
astray	〔 ə'stre 〕	adv. 迷路地
astute	〔 ə'stjut 〕	adj. 精明的
trophy	〔 'trofɪ 〕	n. 戰利品
atrophy	〔 'ætrəfɪ 〕	n. 萎縮
philosophy	〔 fɪ'lɑsəfɪ 〕	n. 哲學
lament	〔 lə'mɛnt 〕	v. 哀悼
cement	〔 sə'mɛnt 〕	n. 水泥
augment	〔 ɔg'mɛnt 〕【注意發音】	v. 增加

【SAT 同義關鍵字】

1. **astute** *adj.* 精明的；狡猾的（ = *clever* = *cunning* = *calculating* ）
   He made a series of *astute* business decisions.
   （他做了一系列精明的經商決定。）

2. **atrophy** *n.* 萎縮；減縮（ = *withering* = *decaying* ）　*v.* 使萎縮；使虛脫
   The doctor is concerned about the *atrophy* of the shoulder muscles.
   （醫生憂慮肩部肌肉的萎縮。）

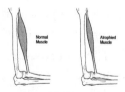

atrophied muscle

3. **augment** *v.* 增加；加強（ = *increase* = *raise* = *enlarge* ）
   She was searching for a way to *augment* her income.
   （她尋找增加收入的方式。）

15. austerity

audio	〔'ɔdɪˏo 〕	*adj.*	聽覺的
audibility	〔ˏɔdə'bɪlətɪ 〕	*n.*	聲音清晰度
austerity	〔 ɔ'stɛrətɪ 〕	*n.*	節制消費
author	〔'ɔθɚ 〕	*n.*	作家
authority	〔 ə'θɔrətɪ 〕	*n.*	權威
authoritarian	〔 əˏθɔrə'tɛrɪən 〕	*adj.*	獨裁專橫的
auction	〔'ɔkʃən 〕	*n.*	拍賣
audience	〔'ɔdɪəns 〕	*n.*	觀眾
audacious	〔 ɔ'deʃəs 〕	*adj.*	大膽的

【SAT 同義關鍵字】

1. **austerity** *n.* 節制消費；（開支）緊縮
   (= *economy* = *plainness* = *severity*)
   Ice cream was a great luxury in the wartime *austerity* of the
   twentieth century. (冰淇淋是在二十世紀戰時消費緊縮的奢侈品。)

2. **authoritarian** *adj.* 獨裁專橫的 (= *autocratic* = *dictatorial*
   = *tyrannical*) *n.* 權力主義者；獨裁主義者
   The government has been accused of becoming increasingly
   authoritarian. (政府一直以來被指控變得越來越獨裁專橫。)

3. **audacious** *adj.* 大膽的；無畏的；魯莽的
   (= *daring* = *bold* = *reckless*)
   Those *audacious* thieves stole her car from under her nose.
   (那些大膽的竊賊當她的面偷走她的車。)

16. banal

ban	〔 bæn 〕	v.	禁止
banal	〔 'benl̩ 〕	adj.	平庸的
banality	〔 bə'nælətɪ 〕	n.	陳腐
barrel	〔 'bærəl 〕	n.	一桶
barren	〔 'bærən 〕	adj.	貧瘠的
barrier	〔 'bærɪɚ 〕	n.	障礙
question	〔 'kwɛstʃən 〕	n.	問題
bastion	〔 'bæstʃən 〕	n.	堡壘
digestion	〔 də'dʒɛstʃən 〕	n.	消化

【SAT 同義關鍵字】

1. **banal** *adj.* 平庸的；陳腐的
   (= *ordinary* = *unoriginal* = *commonplace*)
   Blunt language cannot hide a ***banal*** conception.
   (直率的語言無法隱藏平庸的想法。)

2. **barren** *adj.* (土地等) 貧瘠的；荒蕪的；沉悶無趣的；不生育的
   (= *bare* = *desolate* = *waste*)　*n.* 荒漠
   He wants to use water to irrigate ***barren*** desert land.
   (他想用水來灌溉荒蕪的沙漠土地。)

3. **bastion** *n.* 堡壘 (= *defence* = *safeguard*)
   This building is viewed as the ***bastion*** of democracy.
   (這座建築物被認爲是民主的堡壘。)

17. *battered*

bat	〔 bæt 〕	*n.*	棒子
battle	〔 'bætḷ 〕	*n.*	戰役
battered	〔 'bætəd 〕	*adj.*	老舊的
smile	〔 smaɪl 〕	*v., n.*	微笑
compile	〔 kəm'paɪl 〕	*v.*	收集
beguile	〔 bi'gaɪl 〕	*v.*	欺騙
lie	〔 laɪ 〕	*v.*	說謊
belie	〔 bɪ'laɪ 〕	*v.*	掩飾
underlie	〔 ˌʌndə'laɪ 〕	*v.*	位於…之下

【SAT 同義關鍵字】

1. **battered** *adj.* 老舊的;敲壞的
   (= *damaged* = *beaten* = *crushed*)
   She could often be seen driving around town in her ***battered***
   old car. (人們經常可以看見她開著她那輛老破車滿城跑。)

2. **beguile** *v.* 欺騙;誆騙;向…騙取
   (= *cheat* = *trick* = *deceive*)
   He ***beguiled*** me into lending him
   money. (他騙我借錢給他。)

battered cars

3. **belie** *v.* 掩飾;證明…為虛假
   (= *disguise* = *conceal* = *misrepresent*)
   His smile ***belies*** his anger. (他的笑容掩蓋著他的怒氣。)

18. belligerent

bell	﹝ bɛl ﹞	*n.*	鐘
belly	﹝ˈbɛlɪ ﹞	*n.*	肚子
belligerent	﹝ bəˈlɪdʒərənt ﹞	*adj.*	好鬥的
silk	﹝ sɪlk ﹞	*n.*	絲
milk	﹝ mɪlk ﹞	*n.*	牛奶
bilk	﹝ bɪlk ﹞	*v.*	詐騙
rate	﹝ ret ﹞	*n.*	比例
berate	﹝ bɪˈret ﹞	*v.*	嚴厲指責
liberate	﹝ˈlɪbəˌret ﹞	*v.*	解放

【SAT 同義關鍵字】

1. **belligerent** *adj.* 好鬥的;交戰中的 (= *aggressive* = *combative* = *bellicose*)　*n.* 交戰國;參加鬥毆的人 (或集團)
   He was almost back to his ***belligerent*** mood of twelve months ago. (他幾乎回到了他十二個月前好鬥的狀態。)

2. **bilk** *v.* 詐騙 (金錢);躲避;避開 (= *cheat* = *defraud* = *swindle*)
   She made millions ***bilking*** wealthy clients on art sales.
   (她以藝術品拍賣詐騙有錢的客戶得到數百萬。)

3. **berate** 嚴厲指責 (= *rebuke* = *reprimand* = *reproval*)
   Their teacher ***berated*** them for being late.
   (他們遲到而被老師嚴厲訓斥。)

19. benevolent

benefit	〔ˈbɛnəfɪt〕	*n.* 利益
beneficial	〔ˌbɛnəˈfɪʃəl〕	*adj.* 有益的
benevolent	〔bəˈnɛvələnt〕	*adj.* 慈善的
blade	〔bled〕	*n.* 刀鋒
blame	〔blem〕	*v.* 責備
blatant	〔ˈbletn̩t〕	*adj.* 公然的
ode	〔od〕	*n.* 頌
bode	〔bod〕	*v.* 預示
code	〔kod〕	*n.* 密碼

【SAT 同義關鍵字】

1. **benevolent** *adj.* 慈善的；仁慈的
   (= *charitable* = *good-hearted* = *beneficent*)
   The club received a ***benevolent*** donation.
   （該俱樂部接受了一筆慈善捐款。）

2. **blatant** *adj.* 公然的；喧鬧的 (= *obvious* = *evident* = *noticeable*)
   It was a ***blatant*** attempt to influence the judges.
   （這是公然企圖左右法官的行為。）

3. **bode** *v.* 預示；為…的兆頭 (= *forecast* = *foretell* = *omen*)
   The promotion ***bodes*** well for his future.
   （這次升遷對他的未來是個好兆頭。）

20. boorish

book	〔 bʊk 〕	*n.* 書
bosom	〔ˈbʊzəm 〕	*n.* 胸部
boorish	〔ˈbʊrɪʃ 〕	*adj.* 粗野的
bound	〔 baʊnd 〕	*adj.* 被束縛的
boundary	〔ˈbaʊndərɪ 〕	*n.* 邊界
bounteous	〔ˈbaʊntɪəs 〕	*adj.* 豐富的
bra	〔 brɑ 〕	*n.* 胸罩
brag	〔 bræg 〕	*v.* 吹噓
braggart	〔ˈbrægɚt 〕	*n.* 自誇者

【SAT 同義關鍵字】

1. **boorish** *adj.* 粗野的；粗魯的；笨拙的 (= *rude* = *vulgar* = *coarse*)
   His ***boorish*** behavior has irritated many of us.
   (他粗魯的行為已經激怒我們之中許多人。)

2. **bounteous** *adj.* 豐富的；慷慨的
   (= *plentiful* = *bountiful* = *abundant*)
   Because of the spring rains, the farmers had a ***bounteous*** crop.
   (因為下了春雨，農夫獲得了豐收。)

3. **braggart** *n.* 自誇者 (= *bragger* = *blusterer* = *boaster*)
   adj. 吹牛的；自誇的
   That ***braggart*** talks like he was a war hero, but he was just a cook during the war.
   (那自誇者說得好像他是個戰爭英雄一般，但他只是個戰時的廚師。)

21. brawn

brown	〔 braun 〕	*adj.*	棕色
brain	〔 bren 〕	*n.*	頭腦
brawn	〔 brɔn 〕	*n.*	肌肉
bread	〔 brɛd 〕	*n.*	麵包
brand	〔 brænd 〕	*n.*	品牌
brazen	〔 ˈbrezn̩ 〕	*adj.*	厚顏無恥的
brief	〔 brif 〕	*adj.*	簡短的
briefness	〔 ˈbrifnɪs 〕	*n.*	簡單
brevity	〔 ˈbrɛvətɪ 〕	*n.*	簡潔

【SAT 同義關鍵字】

1. **brawn** *n.* 肌肉；體力 (= *muscle* = *strength* = *muscularity*)
   This is a job that needs brains, not ***brawn***.
   （這是一份需要腦力而非體力的工作。）

Hulk's brawn

2. **brazen** *adj.* 厚顏無恥的；響而刺耳的；
   堅硬的 (= *bold* = *shameless* = *immodest*)
   v. 厚著臉皮
   How can you believe such a ***brazen*** lie?
   （你怎能相信如此厚顏無恥的謊言？）

3. **brevity** *n.* （講話、記述等的）簡潔
   (= *shortness* = *briefness* = *conciseness*)
   Brevity is the soul of wit. (【諺】簡潔是智慧的真髓。)

22. brusque

brush	〔 brʌʃ 〕	*n.*	刷子
brunch	〔 brʌntʃ 〕	*n.*	早午餐
brusque	〔 brʌsk 〕	*adj.*	莽撞的
bull	〔 bʊl 〕	*n.*	公牛
bullet	〔ˊbʊlɪt 〕	*n.*	子彈
bulwark	〔ˊbʊlwək 〕	*n.*	堡壘
phony	〔ˊfonɪ 〕	*adj.*	假的
symphony	〔ˊsɪmfənɪ 〕	*n.*	交響曲
cacophony	〔 kæˊkɑfənɪ 〕	*n.*	刺耳的聲音

【SAT 同義關鍵字】

1. **brusque** *adj.* 莽撞的；唐突的 (= *blunt* = *curt* = *abrupt*)
   His manner was *brusque* and sometimes overbearing.
   (他的態度莽撞且有時令人難以忍受。)

2. **bulwark** *n.* 堡壘；防波堤；保障 (= *defence* = *safeguard* = *bastion*) *v.* 築壘保衛；保護；使安全
   It's our last and maybe our most important *bulwark* against disease. (這是我們對抗疾病最後的或許也是最重要的一道防線。)

3. **cacophony** *n.* 刺耳的聲音；不和諧的聲音
   (= *discord* = *disharmony* = *clamor*)
   The whole place erupted in a *cacophony* of sound.
   (這整個地方發出了刺耳的聲音。)

23. cajole

console	〔 kən'sol 〕	*v.*	安慰
condole	〔 kən'dol 〕	*v.*	哀悼
cajole	〔 kə'dʒol 〕	*v.*	哄騙
carry	〔'kærɪ 〕	*v.*	攜帶
casual	〔'kæʒʊəl 〕	*adj.*	非正式的
callous	〔'kæləs 〕	*adj.*	無情的
calf	〔 kæf 〕	*n.*	小牛
calorie	〔'kælərɪ 〕	*n.*	卡路里
calumny	〔'kæləmnɪ 〕	*n.*	誹謗

【SAT 同義關鍵字】

1. **cajole** *v.* 哄騙；勾引 (= *deceive* = *beguile* = *coax*)
   You have let her *cajole* you into bending the rules for her.
   （你由著她哄騙你，讓你為了她改變遊戲規則。）

2. **callous** *adj.* 無情的；無感的；起繭的 (= *unfeeling* = *heartless* = *indifferent*)　*n.* 硬皮；老繭
   He is *callous* about the safety of his workers.
   （他對他工人的安全毫不關心。）

3. **calumny** *n.* 誹謗 (= *insult* = *stigma* = *misrepresentation*)
   The speech was considered a *calumny* of the administration.
   （該演講被認為是對行政單位的誹謗。）

24. candid

candidate	〔'kændə,det 〕	*n.*	候選人
candid	〔'kændɪd 〕	*adj.*	坦率的
candor	〔'kændɚ 〕	*n.*	坦率
capable	〔'kepəbḷ 〕	*adj.*	能夠的
capacity	〔kə'pæsətɪ 〕	*n.*	容量
capacious	〔kə'peʃəs 〕	*adj.*	容量大的
cast	〔kæst 〕	*v.*	投擲
castle	〔'kæsḷ 〕	*n.*	城堡
castigate	〔'kæstə,get 〕	*v.*	譴責

【SAT 同義關鍵字】

1. **candid** *adj.* 坦率的；公正的；公平的
   (= *frank* = *outspoken* = *straightforward*)
   During their *candid* interviews, they didn't hesitate to talk
   over one another. (在坦率的採訪中，他們毫不猶豫談論彼此。)

2. **capacious** *adj.* 容量大的；寬闊的 (= *spacious* = *roomy* = *sizeable*)
   She crammed the lot into her *capacious* handbag.
   (她把全部東西塞進她的大容量的包包裡。)

3. **castigate** *v.* 譴責；懲戒；矯正；修訂
   (= *criticize* = *scold* = *chastise*)
   She *castigated* him for having no intellectual interests.
   (她痛罵他沒有需要動腦的興趣。)

自我測驗　13～24

※ 請看下面中文，唸出英文來，你會唸得很痛快。

13. □ 向～保證 ＿＿＿＿＿＿
　　 □ 假定 ＿＿＿＿＿＿＿
　　 □ 減輕（痛苦）＿＿＿＿

　　 □ 幫助 ＿＿＿＿＿＿＿
　　 □ 援助 ＿＿＿＿＿＿＿
　　 □ 勤勉的 ＿＿＿＿＿＿

　　 □ 勤勉的 ＿＿＿＿＿＿
　　 □ 迫切的 ＿＿＿＿＿＿
　　 □ 嚴峻的 ＿＿＿＿＿＿

14. □ 使驚訝 ＿＿＿＿＿＿
　　 □ 迷路地 ＿＿＿＿＿＿
　　 □ 精明的 ＿＿＿＿＿＿

　　 □ 戰利品 ＿＿＿＿＿＿
　　 □ 萎縮 ＿＿＿＿＿＿＿
　　 □ 哲學 ＿＿＿＿＿＿＿

　　 □ 哀悼 ＿＿＿＿＿＿＿
　　 □ 水泥 ＿＿＿＿＿＿＿
　　 □ 增加 ＿＿＿＿＿＿＿

15. □ 聽覺的 ＿＿＿＿＿＿
　　 □ 聲音清晰度 ＿＿＿＿
　　 □ 節制消費 ＿＿＿＿＿

　　 □ 作家 ＿＿＿＿＿＿＿
　　 □ 權威 ＿＿＿＿＿＿＿
　　 □ 獨裁專橫的 ＿＿＿＿

　　 □ 拍賣 ＿＿＿＿＿＿＿
　　 □ 觀眾 ＿＿＿＿＿＿＿
　　 □ 大膽的 ＿＿＿＿＿＿

16. □ 禁止 ＿＿＿＿＿＿＿
　　 □ 平庸的 ＿＿＿＿＿＿
　　 □ 陳腐 ＿＿＿＿＿＿＿

　　 □ 一桶 ＿＿＿＿＿＿＿
　　 □ 貧瘠的 ＿＿＿＿＿＿
　　 □ 障礙 ＿＿＿＿＿＿＿

　　 □ 問題 ＿＿＿＿＿＿＿
　　 □ 堡壘 ＿＿＿＿＿＿＿
　　 □ 消化 ＿＿＿＿＿＿＿

17. □ 棒子 ＿＿＿＿＿＿＿
　　 □ 戰役 ＿＿＿＿＿＿＿
　　 □ 老舊的 ＿＿＿＿＿＿

　　 □ 微笑 ＿＿＿＿＿＿＿
　　 □ 收集 ＿＿＿＿＿＿＿
　　 □ 欺騙 ＿＿＿＿＿＿＿

　　 □ 說謊 ＿＿＿＿＿＿＿
　　 □ 掩飾 ＿＿＿＿＿＿＿
　　 □ 位於…之下 ＿＿＿＿

18. □ 鐘 ＿＿＿＿＿＿＿＿
　　 □ 肚子 ＿＿＿＿＿＿＿
　　 □ 好鬥的 ＿＿＿＿＿＿

　　 □ 絲 ＿＿＿＿＿＿＿＿
　　 □ 牛奶 ＿＿＿＿＿＿＿
　　 □ 詐騙 ＿＿＿＿＿＿＿

　　 □ 比例 ＿＿＿＿＿＿＿
　　 □ 嚴厲指責 ＿＿＿＿＿
　　 □ 解放 ＿＿＿＿＿＿＿

19. ☐ 利益 _____

☐ 有益的 _____

☐ 慈善的 _____

☐ 刀鋒 _____

☐ 責備 _____

☐ 公然的 _____

☐ 頌 _____

☐ 預示 _____

☐ 密碼 _____

20. ☐ 書 _____

☐ 胸部 _____

☐ 粗野的 _____

☐ 被束縛的 _____

☐ 邊界 _____

☐ 豐富的 _____

☐ 胸罩 _____

☐ 吹噓 _____

☐ 自誇者 _____

21. ☐ 棕色 _____

☐ 頭腦 _____

☐ 肌肉 _____

☐ 麵包 _____

☐ 品牌 _____

☐ 厚顏無恥的 _____

☐ 簡短的 _____

☐ 簡單 _____

☐ 簡潔 _____

22. ☐ 刷子 _____

☐ 早午餐 _____

☐ 莽撞的 _____

☐ 公牛 _____

☐ 子彈 _____

☐ 堡壘 _____

☐ 假的 _____

☐ 交響曲 _____

☐ 刺耳的聲音 _____

23. ☐ 安慰 _____

☐ 哀悼 _____

☐ 哄騙 _____

☐ 攜帶 _____

☐ 非正式的 _____

☐ 無情的 _____

☐ 小牛 _____

☐ 卡路里 _____

☐ 誹謗 _____

24. ☐ 候選人 _____

☐ 坦率的 _____

☐ 坦率 _____

☐ 能夠的 _____

☐ 容量 _____

☐ 容量大的 _____

☐ 投擲 _____

☐ 城堡 _____

☐ 譴責 _____

※ 請看下面英文，唸出中文來，還有哪個字你不認識嗎 ?!

13. ☐ assure ＿＿＿＿＿＿
　　☐ assume ＿＿＿＿＿＿
　　☐ assuage ＿＿＿＿＿＿

　　☐ assist ＿＿＿＿＿＿
　　☐ assistance ＿＿＿＿＿
　　☐ assiduous ＿＿＿＿＿

　　☐ diligent ＿＿＿＿＿＿
　　☐ stringent ＿＿＿＿＿
　　☐ astringent ＿＿＿＿＿

14. ☐ astonish ＿＿＿＿＿＿
　　☐ astray ＿＿＿＿＿＿
　　☐ astute ＿＿＿＿＿＿

　　☐ trophy ＿＿＿＿＿＿
　　☐ atrophy ＿＿＿＿＿＿
　　☐ philosophy ＿＿＿＿＿

　　☐ lament ＿＿＿＿＿＿
　　☐ cement ＿＿＿＿＿＿
　　☐ augment ＿＿＿＿＿＿

15. ☐ audio ＿＿＿＿＿＿
　　☐ audibility ＿＿＿＿＿
　　☐ austerity ＿＿＿＿＿

　　☐ author ＿＿＿＿＿＿
　　☐ authority ＿＿＿＿＿
　　☐ authoritarian ＿＿＿＿

　　☐ auction ＿＿＿＿＿＿
　　☐ audience ＿＿＿＿＿＿
　　☐ audacious ＿＿＿＿＿

16. ☐ ban ＿＿＿＿＿＿
　　☐ banal ＿＿＿＿＿＿
　　☐ banality ＿＿＿＿＿＿

　　☐ barrel ＿＿＿＿＿＿
　　☐ barren ＿＿＿＿＿＿
　　☐ barrier ＿＿＿＿＿＿

　　☐ question ＿＿＿＿＿＿
　　☐ bastion ＿＿＿＿＿＿
　　☐ digestion ＿＿＿＿＿

17. ☐ bat ＿＿＿＿＿＿
　　☐ battle ＿＿＿＿＿＿
　　☐ battered ＿＿＿＿＿＿

　　☐ smile ＿＿＿＿＿＿
　　☐ compile ＿＿＿＿＿＿
　　☐ beguile ＿＿＿＿＿＿

　　☐ lie ＿＿＿＿＿＿
　　☐ belie ＿＿＿＿＿＿
　　☐ underlie ＿＿＿＿＿＿

18. ☐ bell ＿＿＿＿＿＿
　　☐ belly ＿＿＿＿＿＿
　　☐ belligerent ＿＿＿＿＿

　　☐ silk ＿＿＿＿＿＿
　　☐ milk ＿＿＿＿＿＿
　　☐ bilk ＿＿＿＿＿＿

　　☐ rate ＿＿＿＿＿＿
　　☐ berate ＿＿＿＿＿＿
　　☐ liberate ＿＿＿＿＿＿

19. ☐ benefit _____
☐ beneficial _____
☐ benevolent _____

☐ blade _____
☐ blame _____
☐ blatant _____

☐ ode _____
☐ bode _____
☐ code _____

20. ☐ book _____
☐ bosom _____
☐ boorish _____

☐ bound _____
☐ boundary _____
☐ bounteous _____

☐ bra _____
☐ brag _____
☐ braggart _____

21. ☐ brown _____
☐ brain _____
☐ brawn _____

☐ bread _____
☐ brand _____
☐ brazen _____

☐ brief _____
☐ briefness _____
☐ brevity _____

22. ☐ brush _____
☐ brunch _____
☐ brusque _____

☐ bull _____
☐ bullet _____
☐ bulwark _____

☐ phony _____
☐ symphony _____
☐ cacophony _____

23. ☐ console _____
☐ condole _____
☐ cajole _____

☐ carry _____
☐ casual _____
☐ callous _____

☐ calf _____
☐ calorie _____
☐ calumny _____

24. ☐ candidate _____
☐ candid _____
☐ candor _____

☐ capable _____
☐ capacity _____
☐ capacious _____

☐ cast _____
☐ castle _____
☐ castigate _____

25. caustic

cause	〔 kɔz 〕	*n.*	原因
cautious	〔'kɔʃəs 〕	*adj.*	小心的
caustic	〔'kɔstɪk 〕	*adj.*	刻薄的
census	〔'sɛnsəs 〕	*n.*	人口調查
censor	〔'sɛnsɚ 〕	*v.*	審查
censure	〔'sɛnʃɚ 〕	*v.*	責難
chat	〔 tʃæt 〕	*v.*	聊天
chatter	〔'tʃætɚ 〕	*v.*	喋喋不休
chastise	〔 tʃæs'taɪz 〕	*v.*	懲戒

【SAT 同義關鍵字】

1. **caustic** *adj.* 刻薄的；譏諷的；腐蝕性的（= *bitter* = *acrid* = *acrimonious*） *n.* 腐蝕劑

   His mother is always making *caustic* remarks about other people. (他的媽媽老是做出譏諷別人的刻薄評論。)

2. **censure** *v.* 責難；譴責（= *blame* = *criticize* = *condemn*） *n.* 責難；譴責

   The judge *censured* the driver but didn't fine him. （法官責備了司機但沒有處以罰款。）

3. **chastise** *v.* 懲戒；責罰；鞭打（= *scold* = *blame* = *castigate*）

   My father used to *chastise* my brothers with whips. （父親過去常以鞭打懲罰我的兄弟。）

26. chide

childish	〔'tʃaɪldɪʃ 〕	*adj.*	幼稚的
childlike	〔'tʃaɪld͵laɪk 〕	*adj.*	純眞的
chide	〔 tʃaɪd 〕	*v.*	責備
chord	〔 kɔrd 〕	*n.*	和弦
chorus	〔'korəs 〕	*n.*	合唱團
choleric	〔'kɑlərɪk 〕	*adj.*	脾氣暴躁的
circumspect	〔'sɝkəm͵spɛkt 〕	*adj.*	謹愼的
circumscribed	〔͵sɝkəm'skraɪbd 〕	*adj.*	受限的
circumlocution	〔͵sɝkəmlo'kjuʃən 〕	*n.*	婉轉說詞

【SAT 同義關鍵字】

1. **chide** *v.* 責備；責怪；責罵 (= *blame* = *scold* = *lecture*)
   Mother ***chided*** me for coming home late.
   （母親責怪我太晚回家。）

2. **choleric** *adj.* 脾氣暴躁的；易怒的
   (= *irritable* = *short-tempered* = *quick-tempered*)
   He plays a ***choleric*** old schoolmaster for the graduation
   performance. (他在畢業公演扮演一個易怒的老校長。)

3. **circumlocution** *n.* 婉轉說詞；遁辭
   (= *roundabout* = *wordiness* = *indirectness*)
   The con man tried to use ***circumlocution*** to avoid showing
   his real intentions.
   （該騙子試圖用迂迴的說辭以避免顯示他的眞實意圖。）

27. clandestine

clan	〔 klæn 〕	*n.*	宗族
clank	〔 klæŋk 〕	*v.*	叮噹作響
clandestine	〔 klæn'dɛstɪn 〕	*adj.*	偷偷摸摸的
buoy	〔 bɔɪ 〕	*n.*	救生圈
annoying	〔 ə'nɔɪŋ 〕	*adj.*	煩人的
cloying	〔 klɔɪŋ 〕	*adj.*	使人生厭的
fierce	〔 fɪəs 〕	*adj.*	凶猛的
coerce	〔 ko'ɝs 〕	*v.*	強迫
commerce	〔 'kɑmɚs 〕	*n.*	商業

【SAT 同義關鍵字】

1. **clandestine** *adj.* 偷偷摸摸的；祕密的
   (= *secret* = *hidden* = *stealthy*)
   They are said to have been holding *clandestine* meetings for
   years. (據說他們已經舉行了多年秘密會議。)

2. **cloying** *adj.* 使人生厭的；倒胃口的
   (= *sickly* = *disgusting* = *distasteful*)
   The sentimentality of this film is *cloying*.
   (這部電影的多愁善感令人作嘔。)

3. **coerce** *v.* 強迫；迫使 (= *force* = *compel* = *intimidate*)
   They *coerced* him into signing the document.
   (他們強迫他簽署文件。)

28. colloquial

collect	〔 kəˈlɛkt 〕	*v.* 收集
collision	〔 kəˈlɪʒən 〕	*n.* 碰撞
colloquial	〔 kəˈlokwɪəl 〕	*adj.* 口語的
compel	〔 kəmˈpɛl 〕	*v.* 迫使
dispel	〔 dɪˈspɛl 〕	*v.* 驅散
repel	〔 rɪˈpɛl 〕	*v.* 使厭惡
impotent	〔ˈɪmpətənt 〕	*adj.* 無能的
competent	〔ˈkampətənt 〕	*adj.* 有能力的
omnipotent	〔 ɑmˈnɪpətənt 〕	*adj.* 全能的

【SAT 同義關鍵字】

1. **colloquial** *adj.* 口語的；會話的
   (= *informal* = *conversational* = *vernacular*)
   He converses in ***colloquial*** Japanese as easily as in English.
   （他使用日文口語交談就像使用英文一樣簡單。）

2. **compel** *v.* 迫使；不得不 (= *force* = *coerce* = *enforce*)
   He was ***compelled*** by illness to give up his studies.
   （他因病被迫放棄學業。）

3. **competent** *adj.* 有能力的；稱職的；足夠的；令人滿意的；
   合格的 (= *capable* = *qualified* = *suitable*)
   Mark proved to be a very ***competent*** manager.
   （馬克證明了自己是一個很能幹的經理。）

29. condemn

condition	﹝ kənˈdɪʃən ﹞	*n.*	情況
condense	﹝ kənˈdɛns ﹞	*v.*	濃縮
condemn	﹝ kənˈdɛm ﹞	*v.*	責難
reply	﹝ rɪˈplaɪ ﹞	*v.*	回答
imply	﹝ ɪmˈplaɪ ﹞	*v.*	暗示
comply	﹝ kəmˈplaɪ ﹞	*v.*	順從
humiliate	﹝ hjuˈmɪlɪˌet ﹞	*v.*	使蒙羞
conciliate	﹝ kənˈsɪlɪˌet ﹞	*v.*	平息
affiliate	﹝ əˈfɪlɪˌet ﹞	*v.*	與…結合

【SAT 同義關鍵字】

1. **condemn** *v.* 責難;譴責;宣告…有罪;使某人注定要
   (= *blame* = *censure* = *denounce*)
   We *condemn* his foolish behavior. (我們譴責他的愚蠢行為。)

2. **comply** *v.* (對要求、命令等) 順從;遵從 < *with* >
   (= *follow* = *obey* = *observe*)
   We *comply* with all fire safety rules.
   (我們遵守所有消防安全的條例。)

3. **conciliate** *v.* 平息;安撫;撫慰;博得 (尊敬、好感等);
   使和好;調解 (= *allay* = *appease* = *assuage*)
   His duty was to *conciliate* the people, not to provoke them.
   (他的責任是要安撫人民,而非挑釁他們。)

30. conform

confine	﹝ kən'faɪn ﹞	*v.*	限制
confirm	﹝ kən'fɝm ﹞	*v.*	證實
conform	﹝ kən'fɔrm ﹞	*v.*	遵守
exercise	﹝'ɛksɚˌsaɪs ﹞	*v.*	運動
concise	﹝ kən'saɪs ﹞	*adj.*	簡明的
precise	﹝ prɪ'saɪs ﹞	*adj.*	精確的
gene	﹝ dʒin ﹞	*n.*	基因
genuine	﹝'dʒɛnjʊɪn ﹞	*adj.*	眞正的
congenial	﹝ kən'dʒinjəl ﹞	*adj.*	意氣相投的

【SAT 同義關鍵字】

1. **conform** *v.* 遵守；符合；相一致；遵從規章（或習慣） *< to >*
   (= *obey* = *comply with* = *abide by*)
   Most people willingly *conform* to the customs of society.
   （大多數人都願意遵守社會習俗。）

2. **concise** *adj.* 簡明的；簡潔的；簡要的 (= *short* = *brief* = *curt*)
   The text is *concise* and informative. （此文簡潔且資訊豐富。）

3. **congenial** *adj.* 意氣相投的；協調的；一致的；適合的
   (= *compatible* = *harmonious* = *agreeable*)
   I met a few people *congenial* to me in that city.
   （我在那個城市遇到幾個意氣相投的人。）

31. consummate

consume	〔 kən'sum 〕	*v.*	消耗
consumptive	〔 kən'sʌmptɪv 〕	*adj.*	消耗性的
consummate	〔 kən'sʌmɪt 〕	*adj.*	完美的
sacred	〔'sekrɪd 〕	*adj.*	神聖的
sacrifice	〔'sækrə,faɪs 〕	*n.*	犧牲
consecrate	〔'kɑnsɪ,kret 〕	*v.*	使神聖
contend	〔 kən'tɛnd 〕	*v.*	爭奪
contender	〔 kən'tɛndɚ 〕	*n.*	競爭者
contentious	〔 kən'tɛnʃəs 〕	*adj.*	好爭論的

【SAT 同義關鍵字】

1. consummate *adj.* 完美的；圓滿的；至極的（= *perfect*
   = *supreme* = *polished* ）　〔'kɑnsə,met 〕*v.* 使完美
   He acted the part with *consummate* skill.
   （他以完美的技巧來扮演此角色。）

2. consecrate *v.* 使神聖；尊崇；獻身於
   （= *bless* = *sanctify* = *hallow*）
   The Cathedral was finally *consecrated* in the presence of
   King George.（此大教堂終於在喬治王時期被尊崇爲神聖大教堂。）

3. contentious *adj.* 引起爭論的；好爭論的
   （= *debatable* = *disputed* = *controversial*）
   Many researchers will view this publication as a *contentious*
   work.（許多研究員將該出版品視爲爭議性的作品。）

32. copious

cop	〔 kɑp 〕	n. (口語) 警察
copper	〔 kɑpɚ 〕	n. 銅
copious	〔'kopɪəs 〕	adj. 大量的
rite	〔 raɪt 〕	v. 儀式
trite	〔 traɪt 〕	adj. 陳腐的
contrite	〔 kən'traɪt 〕	adj. 痛悔的
convent	〔'kɑnvɛnt 〕	n. 女子修道院
convention	〔 kən'vɛnʃən 〕	n. 大會
conventional	〔 kən'vɛnʃənḷ 〕	adj. 傳統的

【SAT 同義關鍵字】

1. **copious** adj. 大量的;多產的;冗長的;滔滔不絕的
   (= plentiful = abundant = bountiful)
   He drank *copious* quantities of tea and coffee.
   (他飲用大量的茶和咖啡。)

2. **contrite** adj. 痛悔的;悔罪的 (= sorry = regretful = remorseful)
   He was so *contrite* that he wrote me a letter of apology.
   (他很痛悔以致於他寫了一封道歉信給我。)

3. **conventional** adj. 傳統的;保守的;普通的;常見的;習慣的;
   慣例的 (= formal = traditional = conservative)
   I wish you weren't so *conventional* in the clothes you wear.
   (我真希望你穿衣不要那麼保守。)

33. cryptic

critic	〔'krɪtɪk 〕	*n.*	評論家
crystal	〔'krɪstḷ 〕	*n.*	水晶
cryptic	〔'krɪptɪk 〕	*adj.*	隱密的
brass	〔 bræs 〕	*n.*	黃銅
grass	〔 græs 〕	*n.*	草
crass	〔 kræs 〕	*adj.*	愚笨的
convolve	〔 kən'vɑlv 〕	*v.*	旋繞
convolution	〔ˌkɑnvə'luʃən 〕	*n.*	盤繞
convoluted	〔'kɑnvəˌlutɪd 〕	*adj.*	複雜的

【SAT 同義關鍵字】

1. **cryptic** *adj.* 隱祕的；神秘難解的
   (= *mysterious* = *mystifying* = *obscure*)
   I wondered just what he meant by that *cryptic* remark.
   (我只是想知道他那個隱晦的說法是什麼意思。)

2. **crass** *adj.* 愚笨的；愚鈍的；粗魯的；粗糙的
   (= *stupid* = *insensitive* = *boorish*)
   The clerk was too *crass* to care for the needs of the customers.
   (該職員太愚鈍而無法照顧到顧客的需求。)

3. **convoluted** *adj.* 錯綜複雜的；盤根錯節的
   (= *complicated* = *complex* = *intricate*)
   The reason behind the *convoluted* system is merely simple
   math. (在錯綜複雜的系統背後只是簡單的數學邏輯。)

34. culprit

cult	〔 kʌlt 〕	*n.*	膜拜
culprit	〔ˊkʌlprɪt 〕	*n.*	罪犯
culpable	〔ˊkʌlpəbḷ 〕	*adj.*	有罪的
tail	〔 tel 〕	*n.*	尾巴
detail	〔ˊditel 〕	*n.*	細節
curtail	〔 kɝˊtel 〕	*v.*	縮減
dirt	〔 dɝt 〕	*n.*	塵土
death	〔 dεθ 〕	*n.*	死亡
dearth	〔 dɝθ 〕	*n.*	缺乏

【SAT 同義關鍵字】

1. **culprit** *n.* 罪犯；被控犯罪的人；刑事被告
   (= *offender* = *criminal* = *villain*)
   The police have so far failed to find the ***culprit***.
   （警方至今尚未找到肇事者。）

2. **curtail** *v.* 縮減；削減；縮短；省略 (= *cut short* = *shorten* = *reduce*)
   The government hopes to ***curtail*** public spending.
   （政府希望縮減公共事業開支。）

3. **dearth** *n.* 缺乏；不足；饑饉，饑荒
   (= *lack* = *shortage* = *inadequacy*)
   Social scientists have found that faults in performance do not
   necessarily signify a ***dearth*** of skills or abilities.
   （社會科學家發現，表演中的失誤不一定意味著缺乏技巧或能力。）

35. *deft*

dead	〔 dɛd 〕	*adj.* 死的
deaf	〔 dɛf 〕	*adj.* 聾的
deft	〔 dɛft 〕	*adj.* 靈巧的
bunk	〔 bʌŋk 〕	*n.* 臥鋪
bunker	〔 bʌŋkɚ 〕	*n.* 燃料庫
debunk	〔 dɪ'bʌŋk 〕	*v.* 揭穿
difference	〔'dɪfərəns 〕	*n.* 不同
reference	〔'rɛfərəns 〕	*n.* 參考
deference	〔'dɛfərəns 〕	*n.* 服從

【SAT 同義關鍵字】

1. **deft** *adj.* 靈巧的；熟練的；機敏的（ = *adept* = *skillful* = *skilled* ）
   She was knitting with *deft* fingers. (她用靈巧的手編織著。)

2. **debunk** *v.* 揭穿；拆去…的假面具
   (= *expose* = *uncloak* = *unmask*)
   It was the men of the enlightenment who
   debunked the church and the crown.
   (啓蒙人士揭發了教會和皇室的眞面目。)

a mask

3. **deference** *n.* 服從；遵從；敬意；尊敬
   (= *submission* = *compliance* = *obedience*)
   They were married in church out of *deference* to their parents'
   wishes. (他們遵從父母的願望在教堂舉行了婚禮。)

36. decrepit

decree	〔 dɪˋkri 〕	*n.*	法令
decrease	〔 dɪˋkris 〕	*v.*	減少
decrepit	〔 dɪˋkrɛpɪt 〕	*adj.*	衰老的
defeat	〔 dɪˋfit 〕	*v.*	打敗
defect	〔 dɪˋfɛkt 〕	*n.*	缺點
defunct	〔 dɪˋfʌŋkt 〕	*adj.*	已廢止的
demography	〔 dɪˋmɑgrəfɪ 〕	*n.*	人口統計學
demographic	〔 ˌdiməˋgræfɪk 〕	*n.*	客戶群
demographics	〔 ˌdiməˋgræfɪks 〕	*n. pl.*	人口統計資料

【SAT 同義關鍵字】

1. **decrepit** *adj.* 衰老的；東倒西歪的
   (= *weak* = *decaying* = *deteriorated*)
   Most people become *decrepit* as they
   age. (大多數人隨年齡增加而衰老。)

old and decrepit

2. **defunct** *adj.* 已廢止的；非現存的
   (= *obsolete* = *deceased* = *inoperative*)
   Several *defunct* music halls are being reclaimed as places of
   entertainment. (一些已廢棄的音樂廳被重新啟用作為娛樂場所。)

3. **demographic** *n.* 客戶群 (= *customer base* = *client base*)
   adj. 人口統計學的
   The sales are high because they appealed to a new
   demographic. (高銷售額是因為他們吸引到新客戶群。)

自我測驗　25～36

※ 請看下面中文，唸出英文來，你會唸得很痛快。

25. ☐ 原因 _____
    ☐ 小心的 _____
    ☐ 刻薄的 _____

    ☐ 人口調查 _____
    ☐ 審查 _____
    ☐ 責難 _____

    ☐ 聊天 _____
    ☐ 喋喋不休 _____
    ☐ 懲戒 _____

26. ☐ 幼稚的 _____
    ☐ 純眞的 _____
    ☐ 責備 _____

    ☐ 和弦 _____
    ☐ 合唱團 _____
    ☐ 脾氣暴躁的 _____

    ☐ 謹愼的 _____
    ☐ 受限的 _____
    ☐ 婉轉說詞 _____

27. ☐ 宗族 _____
    ☐ 叮噹作響 _____
    ☐ 偷偷摸摸的 _____

    ☐ 救生圈 _____
    ☐ 煩人的 _____
    ☐ 使人生厭的 _____

    ☐ 凶猛的 _____
    ☐ 強迫 _____
    ☐ 商業 _____

28. ☐ 收集 _____
    ☐ 碰撞 _____
    ☐ 口語的 _____

    ☐ 迫使 _____
    ☐ 驅散 _____
    ☐ 使厭惡 _____

    ☐ 無能的 _____
    ☐ 有能力的 _____
    ☐ 全能的 _____

29. ☐ 情況 _____
    ☐ 濃縮 _____
    ☐ 責難 _____

    ☐ 回答 _____
    ☐ 暗示 _____
    ☐ 順從 _____

    ☐ 使蒙羞 _____
    ☐ 平息 _____
    ☐ 與…結合 _____

30. ☐ 限制 _____
    ☐ 證實 _____
    ☐ 遵守 _____

    ☐ 運動 _____
    ☐ 簡明的 _____
    ☐ 精確的 _____

    ☐ 基因 _____
    ☐ 眞正的 _____
    ☐ 意氣相投的 _____

31. ☐ 消耗 _____
☐ 消耗性的 _____
☐ 完美的 _____

☐ 神聖的 _____
☐ 犧牲 _____
☐ 使神聖 _____

☐ 爭奪 _____
☐ 競爭者 _____
☐ 好爭論的 _____

32. ☐ （口語）警察 _____
☐ 銅 _____
☐ 大量的 _____

☐ 儀式 _____
☐ 陳腐的 _____
☐ 痛悔的 _____

☐ 女子修道院 _____
☐ 大會 _____
☐ 傳統的 _____

33. ☐ 評論家 _____
☐ 水晶 _____
☐ 隱密的 _____

☐ 黃銅 _____
☐ 草 _____
☐ 愚笨的 _____

☐ 旋繞 _____
☐ 盤繞 _____
☐ 複雜的 _____

34. ☐ 膜拜 _____
☐ 罪犯 _____
☐ 有罪的 _____

☐ 尾巴 _____
☐ 細節 _____
☐ 縮減 _____

☐ 塵土 _____
☐ 死亡 _____
☐ 缺乏 _____

35. ☐ 死的 _____
☐ 聾的 _____
☐ 靈巧的 _____

☐ 臥鋪 _____
☐ 燃料庫 _____
☐ 揭穿 _____

☐ 不同 _____
☐ 參考 _____
☐ 服從 _____

36. ☐ 法令 _____
☐ 減少 _____
☐ 衰老的 _____

☐ 打敗 _____
☐ 缺點 _____
☐ 已廢止的 _____

☐ 人口統計學 _____
☐ 客戶群 _____
☐ 人口統計資料 _____

※ 請看下面英文，唸出中文來，還有哪個字你不認識嗎?!

25. ☐ cause _____
　　☐ cautious _____
　　☐ caustic _____

　　☐ census _____
　　☐ censor _____
　　☐ censure _____

　　☐ chat _____
　　☐ chatter _____
　　☐ chastise _____

26. ☐ childish _____
　　☐ childlike _____
　　☐ chide _____

　　☐ chord _____
　　☐ chorus _____
　　☐ choleric _____

　　☐ circumspect _____
　　☐ circumscribed _____
　　☐ circumlocution _____

27. ☐ clan _____
　　☐ clank _____
　　☐ clandestine _____

　　☐ buoy _____
　　☐ annoying _____
　　☐ cloying _____

　　☐ fierce _____
　　☐ coerce _____
　　☐ commerce _____

28. ☐ collect _____
　　☐ collision _____
　　☐ colloquial _____

　　☐ compel _____
　　☐ dispel _____
　　☐ repel _____

　　☐ impotent _____
　　☐ competent _____
　　☐ omnipotent _____

29. ☐ condition _____
　　☐ condense _____
　　☐ condemn _____

　　☐ reply _____
　　☐ imply _____
　　☐ comply _____

　　☐ humiliate _____
　　☐ conciliate _____
　　☐ affiliate _____

30. ☐ confine _____
　　☐ confirm _____
　　☐ conform _____

　　☐ exercise _____
　　☐ concise _____
　　☐ precise _____

　　☐ gene _____
　　☐ genuine _____
　　☐ congenial _____

31. ☐ consume _____
☐ consumptive _____
☐ consummate _____

☐ sacred _____
☐ sacrifice _____
☐ consecrate _____

☐ contend _____
☐ contender _____
☐ contentious _____

32. ☐ cop _____
☐ copper _____
☐ copious _____

☐ rite _____
☐ trite _____
☐ contrite _____

☐ convent _____
☐ convention _____
☐ conventional _____

33. ☐ critic _____
☐ crystal _____
☐ cryptic _____

☐ brass _____
☐ grass _____
☐ crass _____

☐ convolve _____
☐ convolution _____
☐ convoluted _____

34. ☐ cult _____
☐ culprit _____
☐ culpable _____

☐ tail _____
☐ detail _____
☐ curtail _____

☐ dirt _____
☐ death _____
☐ dearth _____

35. ☐ dead _____
☐ deaf _____
☐ deft _____

☐ bunk _____
☐ bunker _____
☐ debunk _____

☐ difference _____
☐ reference _____
☐ deference _____

36. ☐ decree _____
☐ decrease _____
☐ decrepit _____

☐ defeat _____
☐ defect _____
☐ defunct _____

☐ demography _____
☐ demographic _____
☐ demographics _____

37. denigrate

den	〔 dɛn 〕	*n.*	洞穴
denim	〔'dɛnəm 〕	*n.*	粗棉布
denigrate	〔'dɛnə‚gret〕	*v.*	詆毀
athlete	〔'æθlɪt 〕	*n.*	運動員
complete	〔 kəm'plit 〕	*adj.*	全部的
deplete	〔 dɪ'plit 〕	*v.*	用盡（資源）
adorable	〔 ə'dorəbl̩ 〕	*adj.*	可愛的
endurable	〔 ɪn'dʊrəbl̩ 〕	*adj.*	能忍耐的
deplorable	〔 dɪ'plorəbl̩ 〕	*adj.*	可悲的

【SAT 同義關鍵字】

1. **denigrate** *v.* 詆毀；誹謗；使變黑
   (= *belittle* = *talk down* = *defame*)
   It's more fashionable to ***denigrate*** than praise the media these days. (目前詆毀媒體比頌揚媒體來得流行。)

2. **deplete** *v.* 用盡（資源）；使減少 (= *use up* = *eat up* = *run out of*)
   In coastal ecosystems, huge dead zones can occur where algal blooms ***deplete*** oxygen.
   (在沿海生態系統，藻類大量繁殖消耗氧氣，會出現龐大的無氧區。)

3. **deplorable** *adj.* 可悲的；可憐的；悲慘的
   (= *sad* = *sorry* = *miserable*)
   Many of the factory workers work under ***deplorable*** conditions.
   (許多工廠工人在悲慘的狀況下工作。)

38. deprecate

delicate	〔'dɛləkət 〕	*adj.*	脆弱的
dedicate	〔'dɛdə,ket 〕	*v.*	奉獻
deprecate	〔'dɛprə,ket 〕	*v.*	反對
violate	〔'vaɪə,let 〕	*v.*	違背
isolate	〔'aɪsḷ,et 〕	*v.*	使孤立
desolate	〔'dɛsḷɪt 〕	*adj.*	荒蕪的
institute	〔'ɪnstə,tut 〕	*v.*	設立
constitute	〔'kɑnstə,tut 〕	*v.*	構成
destitute	〔'dɛstə,tut 〕	*adj.*	貧困的

【SAT 同義關鍵字】

1. **deprecate** *v.* 反對;輕視;強烈批評
   (= *object to* = *disapprove of* = *protest against*)
   The policy is not to ***deprecate*** the believers or minimize
   their needs intentionally.
   (該政策不是要刻意地藐視信徒或減少他們的需求。)

2. **desolate** *adj.* 荒蕪的;無人煙的;淒涼的
   (= *uninhabited* = *deserted* = *barren*)
   We saw few houses in the ***desolate*** valley.
   (在這荒涼的山谷裡,我們看到很少房子。)

a desolate land

3. **destitute** *adj.* 缺乏的;貧困的;窮困的 < *of* >
   (= *lack of* = *devoid of* = *deprived of*)
   The place is ***destitute*** of trees. (那地方沒有樹木。)

39. *deter*

deter	〔dɪˈtɝ〕	*v.*	威嚇制止
deterrent	〔dɪˈtɝrənt〕	*adj.*	制止的
deterrence	〔dɪˈtɝrəns〕	*n.*	制止
test	〔tɛst〕	*n.*	考試
contest	〔kənˈtɛst〕	*v.*	鬥爭
detest	〔dɪˈtɛst〕	*v.*	憎惡
devalue	〔diˈvælju〕	*v.*	使貶值
deviate	〔ˈdivɪˌet〕	*v.*	脫離（常軌）
devious	〔ˈdivɪəs〕	*adj.*	繞道的

【SAT 同義關鍵字】

1. **deter** *v.* 威嚇制止；阻止；阻礙
   (= *discourage* = *dissuade* = *hinder*)
   Capital punishment does not ***deter***
   crime effectively.
   （死刑無法有效遏止犯罪。）

a "deter" graffiti

2. **detest** *v.* 憎惡；厭惡 (= *hate* = *dislike* = *abhor*)
   We ***detest*** his constant lying. （我們討厭他一再說謊。）

3. **deviate** *v.* 脫離（常軌）；使脫軌；背離 < *from* >
   (= *divert* = *digress* = *diverge*)
   Try not to deviate from the script. （儘量不要偏離劇本。）

40. dexterous

dexter	〔'dɛkstə 〕	adj.	右邊的
dexterity	〔 dɛks'tɛrətɪ 〕	n.	（手指）靈巧
dexterous	〔'dɛkstrəs 〕	adj.	靈巧的
trial	〔'traɪəl 〕	n.	試用
tribe	〔 traɪb 〕	n.	部落
diatribe	〔'daɪə,traɪb 〕	n.	誹謗
incident	〔'ɪnsədənt 〕	n.	事件
confident	〔'kɑnfədənt 〕	adj.	有信心的
diffident	〔'dɪfədənt 〕	adj.	缺乏自信的

【SAT 同義關鍵字】

1. **dexterous** *adj.* 靈巧的；敏捷的；用慣右手的
   (= *adroit* = *handy* = *nimble*)
   As people grow older they generally become less ***dexterous***.
   （當人隨著年紀增長會逐漸變得比較不靈活。）

2. **diatribe** *n.* 誹謗；惡罵；譴責
   (= *censure* = *condemnation* = *denunciation*)
   The host's remark about the social is an astonishingly foolish
   diatribe. （該主持人對此活動的評論是令人訝異地愚蠢的誹謗。）

3. **diffident** *adj.* 缺乏自信的；懦怯的 (= *unsure* = *timid* = *sheepish*)
   She is ***diffident*** about expressing her opinions.
   （她怯於表達自己的意見。）

41. discerning

discern	〔 dɪˈzɝn 〕	*v.* 看出
discerning	〔 dɪˈzɝnɪŋ 〕	*adj.* 有洞察力的
discernment	〔 dɪˈzɝnmənt 〕	*n.* 識別
progress	〔ˈprɑgrɛs 〕	*n.* 進步
congress	〔ˈkɑngrɛs 〕	*n.* 大會
digress	〔 daɪˈgrɛs 〕	*v.* 偏離主題
minute	〔 maɪˈnjut 〕	*adj.* 精細的
miniature	〔ˈmɪnɪətʃɚ 〕	*n.* 縮小物
diminutive	〔 dəˈmɪnjətɪv 〕	*adj.* 極小的

【SAT 同義關鍵字】

1. **discerning** *adj.* 有洞察力的；眼光敏銳的；有識別力的
   (= *keen* = *perceptive* = *discriminating*)
   The general public is far more *discerning* than the literary elite.
   (一般民眾遠比文學精英更有洞察力。)

2. **digress** *v.* 偏離；走向岔道 (= *deviate* = *divert* = *diverge*)
   She *digressed* from the matter under discussion.
   (她偏離了正在討論的問題。)

3. **diminutive** *adj.* 極小的；微小的 (= *tiny* = *mini* = *pigmy*)
   n. 極小的人（或物）；暱稱
   A *diminutive* figure stood at the entrance.
   (有一個矮小的身影站在門口。)

42. disparage

dispatch	〔 dɪˈspætʃ 〕	*v.*	派遣
disparage	〔 dɪˈspærɪdʒ 〕	*v.*	輕視
dispensable	〔 dɪˈspɛnsəbḷ 〕	*adj.*	可有可無的
genius	〔ˈdʒinjəs 〕	*n.*	天才
ingenuous	〔 ɪnˈdʒɛnjuəs 〕	*adj.*	天真無邪的
disingenuous	〔ˌdɪsɪnɪˈdʒɛnjuəs 〕	*adj.*	奸詐的
dispute	〔 dɪˈspjut 〕	*v.*	爭論
disputation	〔ˌdɪspjuˈteʃən 〕	*n.*	爭論
disputatious	〔ˌdɪspjuˈteʃəs 〕	*adj.*	好爭論的

【SAT 同義關鍵字】

1. **disparage** *v.* 輕視；貶低；毀謗
   (= *underestimate* = *belittle* = *denigrate*)
   They came up with all sorts of creative ways to ***disparage*** the president. (他們想出了各種有創意的方式來貶低總統。)

2. **disingenuous** *adj.* 奸詐的；不誠實的
   (= *dishonest* = *insincere* = *deceitful*)
   They admitted that there were ***disingenuous*** officers in the police force. (他們承認警力中有品行不良的警察。)

3. **disputatious** *adj.* 好爭論的
   (= *argumentative* = *contentious* = *quarrelsome*)
   The anti-war doves, as will be seen, form a ***disputatious*** camp.
   (反戰的鴿派將如大家所見，形成一個好爭論的陣營。)

43. divert

dive	〔 daɪv 〕	*v.* 潛水
divert	〔 də'vɜt 〕	*v.* 使轉向
diverse	〔 də'vɜs 〕	*adj.* 各種的
resident	〔'rɛzədənt 〕	*n.* 居民
president	〔'prɛzədənt 〕	*n.* 總統
dissident	〔'dɪzədənt 〕	*adj.* 意見不同的
trade	〔 tred 〕	*n.* 商業
persuade	〔 pɚ'swed 〕	*v.* 說服
dissuade	〔 dɪ'swed 〕	*v.* 勸阻

【SAT 同義關鍵字】

1. **divert** *v.* 使轉向；使改道；轉移 (= *distract* = *shift* = *deflect*)
   They want to ***divert*** the attention of the people from the real issues. (他們想轉移人們對真正問題的注意。)

2. **dissident** *adj.* 意見不同的；不贊成的 (= *disagreeing* = *dissenting* = *dissentient*)　*n.* 意見不同的人；不贊成者
   The academy has agreed to have a legal settlement with the ***dissident*** faculty member.
   (該學院已同意與不同意見的教員採取法律途徑解決糾紛。)

3. **dissuade** *v.* 勸阻 < *from* > (= *discourage* = *deter*)
   I ***dissuaded*** him from rushing in to submit his resignation.
   (我勸他不要急於遞交辭呈。)

44. dogma

dog	〔 dɔg 〕	*n.*	狗
dogged	〔ˈdɔgɪd 〕	*adj.*	頑固的
dogma	〔ˈdɔgmə 〕	*n.*	教條
due	〔 dju 〕	*adj.*	到期的
dual	〔ˈdjuəl 〕	*adj.*	雙重的
dubious	〔ˈdubɪəs 〕	*adj.*	半信半疑的
dupe	〔 djup 〕	*n.*	笨蛋
duplicate	〔ˈdjupləkɪt 〕	*adj.*	重複的
duplicity	〔 djuˈplɪsətɪ 〕	*n.*	口是心非

【SAT 同義關鍵字】

1. **dogma** *n.* 教條；教義；教理 (= *belief* = *teachings* = *doctrine*)
   We trust no man, no elite, no ***dogma***.
   （我們不相信任何人、任何菁英、任何教條。）

2. **dubious** *adj.* 半信半疑的；曖昧的；可疑的；未定的；無把握的
   (= *doubtful* = *uncertain* = *suspicious*)
   I feel ***dubious*** of its accuracy.
   （我對於它的正確性感到懷疑。）

3. **duplicity** *n.* 口是心非；欺騙
   (= *deception* = *double-dealing* = *fraud*)

   a movie named "Duplicity"

   The ***duplicity*** of the role as he played it is perfect.
   （該角色的口是心非他詮釋得恰到好處。）

45. efficacious

effect	〔 ɪˈfɛkt 〕	*n.*	影響
effective	〔 ɪˈfɛktɪv 〕	*adj.*	有效的
efficacious	〔 ͵ɛfəˈkeʃəs 〕	*adj.*	有效的
reface	〔 rɪˈfes 〕	*v.*	整修表面
efface	〔 ɪˈfes 〕	*v.*	消除
preface	〔 ˈprɛfes 〕	*n.*	序言
egg	〔 ɛg 〕	*n.*	蛋
eggplant	〔 ˈɛg͵plænt 〕	*n.*	茄子
egregious	〔 ɪˈgrilɪdʒəs 〕	*adj.*	過份的

【SAT 同義關鍵字】

1. **efficacious** *adj.* 有效的；靈驗的 (= *useful* = *successful* = *effective*)
   The nasal spray was new on the market and highly *efficacious*.
   (市面上新的鼻噴劑具有高度療效。)

2. **efface** *v.* 消除；擦掉；抹去 (= *erase* = *delete* = *eliminate*)
   Five years' absence had done nothing to *efface* the people's memory of his firmness.
   (缺席的這五年，他的堅定並沒有從人們的記憶中抹去。)

3. **egregious** *adj.* 過份的；極壞的；震驚的
   (= *shocking* = *flagrant* = *outrageous*)
   The lack of solid statistical evidence for the number of civilian casualties is one *egregious* omission.
   (缺乏對公民傷亡人數確切統計的證據是個令人震驚的遺漏。)

46. egotistical

ego	(ˈigo)	*n.*	自我
egotist	(ˈigəˌtɪst)	*n.*	自大的人
egotistical	(ˌigəˈtɪstɪkḷ)	*adj.*	自我中心的
puzzle	(ˈpʌzḷ)	*v.*	使困惑
dazzle	(ˈdæzḷ)	*v.*	使目眩
embezzle	(ɪmˈbɛzḷ)	*v.*	盜用（金錢）
election	(ɪˈlɛkʃən)	*n.*	選舉
execution	(ˌɛksɪˈkjuʃən)	*n.*	實行
elocution	(ˌɛləˈkjuʃən)	*n.*	演說法

【SAT 同義關鍵字】

1. **egotistical** *adj.* 自我中心的；自大的
   (= *self-centered* = *egocentric* = *egotistic*)
   He's the most selfish, *egotistical* individual I have ever met!
   （他是我見過的最自私、最狂妄自大的人！）

2. **embezzle** *v.* 盜用（金錢）；侵佔
   (= *steal* = *misappropriate* = *peculate*)
   The chairman *embezzled* $34 million
   in company funds.
   （主席盜用 3400 萬美元的公司資金。）

Embezzlement Arrest

3. **elocution** *n.* 演說法；朗誦法 (= *delivery* = *public speaking*)
   He took courses in *elocution* and acting at the London
   Academy.（他在倫敦學院上了演說和表演課程。）

47. enervate

elevate	〔'ɛləˌvet 〕	*v.*	舉起
excavate	〔'ɛkskəˌvet 〕	*v.*	挖掘
enervate	〔'ɛnɚˌvet 〕	*v.*	使喪失活力
cumber	〔'kʌmbɚ 〕	*v.*	阻礙
encumber	〔 ɪn'kʌmbɚ 〕	*v.*	負累
encumbrance	〔 ɪn'kʌmbrəns 〕	*n.*	累贅
drama	〔'drɑmə 〕	*n.*	戲劇
dilemma	〔 də'lɛmə 〕	*n.*	左右爲難
enigma	〔 ɪ'nɪgmə 〕	*n.*	謎

【SAT 同義關鍵字】

1. **enervate** *v.* 使喪失活力；使衰弱 (= *weaken* = *exhaust* = *enfeeble*)　*adj.* 無活力的；衰弱的
   The hot sun *enervated* her to the point of collapse.
   （炎熱的太陽把她曬得快要暈過去了。）

2. **encumbrance** *n.* 累贅；妨礙；障礙
   (= *burden* = *obstruction* = *hindrance*)
   She considered the past an irrelevant *encumbrance*.
   （她認爲過去是不相關的累贅。）

3. **enigma** *n.* 謎；難以理解的事物 (= *riddle* = *puzzle* = *mystery*)
   This country remains an *enigma* for the outside world.
   （這個國家對外界來說仍然是個謎。）

48. enterprising

enter	〔'ɛntɚ 〕	*v.*	進入
enterprise	〔'ɛntɚ͵praɪz 〕	*n.*	企業
enterprising	〔'ɛnɚ͵praɪzɪŋ 〕	*adj.*	富進取心的
mineral	〔'mɪnərəl 〕	*n.*	礦物
numeral	〔'nunərəl 〕	*n.*	數字
ephemeral	〔 ə'fɛmərəl 〕	*adj.*	短暫的
voice	〔 vɔɪs 〕	*n.*	聲音
vocal	〔'vokḷ 〕	*adj.*	聲音的
equivocal	〔 ɪ'kwɪvəkḷ 〕	*adj.*	含糊的

【SAT 同義關鍵字】

1. **enterprising** *adj.* 富進取心的；有事業心的；有企圖心的
   (= *adventurous* = *venturesome* = *ambitious*)
   The *enterprising* children opened a lemonade stand.
   (有上進心的孩子們開了一個賣檸檬汁的攤子。)

2. **ephemeral** *adj.* 短暫的；僅有一日生命的
   (= *short-lived* = *transitory* = *transient*)
   These paintings are a reminder that earthly pleasures are
   ephemeral. (這些畫是提醒人們，塵世的快樂是短暫的。)

3. **equivocal** *adj.* 含糊的；模稜兩可的
   (= *uncertain* = *obscure* = *ambiguous*)
   His *equivocal* response gave nothing away.
   (他模稜兩可的回應沒有洩露任何消息。)

自我測驗　37～48

※ 請看下面中文，唸出英文來，你會唸得很痛快。

37. □ 洞穴 ＿＿＿＿＿＿＿
　　　□ 粗棉布 ＿＿＿＿＿＿＿
　　　□ 詆毀 ＿＿＿＿＿＿＿

　　　□ 運動員 ＿＿＿＿＿＿＿
　　　□ 全部的 ＿＿＿＿＿＿＿
　　　□ 用盡（資源）＿＿＿＿＿＿＿

　　　□ 可愛的 ＿＿＿＿＿＿＿
　　　□ 能忍耐的 ＿＿＿＿＿＿＿
　　　□ 可悲的 ＿＿＿＿＿＿＿

38. □ 脆弱的 ＿＿＿＿＿＿＿
　　　□ 奉獻 ＿＿＿＿＿＿＿
　　　□ 反對 ＿＿＿＿＿＿＿

　　　□ 違背 ＿＿＿＿＿＿＿
　　　□ 使孤立 ＿＿＿＿＿＿＿
　　　□ 荒蕪的 ＿＿＿＿＿＿＿

　　　□ 設立 ＿＿＿＿＿＿＿
　　　□ 構成 ＿＿＿＿＿＿＿
　　　□ 貧困的 ＿＿＿＿＿＿＿

39. □ 威嚇制止 ＿＿＿＿＿＿＿
　　　□ 制止的 ＿＿＿＿＿＿＿
　　　□ 制止 ＿＿＿＿＿＿＿

　　　□ 考試 ＿＿＿＿＿＿＿
　　　□ 鬥爭 ＿＿＿＿＿＿＿
　　　□ 憎惡 ＿＿＿＿＿＿＿

　　　□ 使貶值 ＿＿＿＿＿＿＿
　　　□ 脫離（常軌）＿＿＿＿＿＿＿
　　　□ 繞道的 ＿＿＿＿＿＿＿

40. □ 右邊的 ＿＿＿＿＿＿＿
　　　□ （手指）靈巧 ＿＿＿＿＿＿＿
　　　□ 靈巧的 ＿＿＿＿＿＿＿

　　　□ 試用 ＿＿＿＿＿＿＿
　　　□ 部落 ＿＿＿＿＿＿＿
　　　□ 誹謗 ＿＿＿＿＿＿＿

　　　□ 事件 ＿＿＿＿＿＿＿
　　　□ 有信心的 ＿＿＿＿＿＿＿
　　　□ 缺乏自信的 ＿＿＿＿＿＿＿

41. □ 看出 ＿＿＿＿＿＿＿
　　　□ 有洞察力的 ＿＿＿＿＿＿＿
　　　□ 識別 ＿＿＿＿＿＿＿

　　　□ 進步 ＿＿＿＿＿＿＿
　　　□ 大會 ＿＿＿＿＿＿＿
　　　□ 偏離主題 ＿＿＿＿＿＿＿

　　　□ 精細的 ＿＿＿＿＿＿＿
　　　□ 縮小物 ＿＿＿＿＿＿＿
　　　□ 極小的 ＿＿＿＿＿＿＿

42. □ 派遣 ＿＿＿＿＿＿＿
　　　□ 輕視 ＿＿＿＿＿＿＿
　　　□ 可有可無的 ＿＿＿＿＿＿＿

　　　□ 天才 ＿＿＿＿＿＿＿
　　　□ 天真無邪的 ＿＿＿＿＿＿＿
　　　□ 奸詐的 ＿＿＿＿＿＿＿

　　　□ 爭論 ＿＿＿＿＿＿＿
　　　□ 爭論 ＿＿＿＿＿＿＿
　　　□ 好爭論的 ＿＿＿＿＿＿＿

43. ☐ 潛水 _____
☐ 使轉向 _____
☐ 各種的 _____

☐ 居民 _____
☐ 總統 _____
☐ 意見不同的 _____

☐ 商業 _____
☐ 說服 _____
☐ 勸阻 _____

44. ☐ 狗 _____
☐ 頑固的 _____
☐ 教條 _____

☐ 到期的 _____
☐ 雙重的 _____
☐ 半信半疑的 _____

☐ 笨蛋 _____
☐ 重複的 _____
☐ 口是心非 _____

45. ☐ 影響 _____
☐ 有效的 _____
☐ 有效的 _____

☐ 整修表面 _____
☐ 消除 _____
☐ 序言 _____

☐ 蛋 _____
☐ 茄子 _____
☐ 過份的 _____

46. ☐ 自我 _____
☐ 自大的人 _____
☐ 自我中心的 _____

☐ 使困惑 _____
☐ 使目眩 _____
☐ 盜用（金錢） _____

☐ 選舉 _____
☐ 實行 _____
☐ 演說法 _____

47. ☐ 舉起 _____
☐ 挖掘 _____
☐ 使喪失活力 _____

☐ 阻礙 _____
☐ 負累 _____
☐ 累贅 _____

☐ 戲劇 _____
☐ 左右為難 _____
☐ 謎 _____

48. ☐ 進入 _____
☐ 企業 _____
☐ 富進取心的 _____

☐ 礦物 _____
☐ 數字 _____
☐ 短暫的 _____

☐ 聲音 _____
☐ 聲音的 _____
☐ 含糊的 _____

※ 請看下面英文，唸出中文來，還有哪個字你不認識嗎 ?!

37. ☐ den _____
    ☐ denim _____
    ☐ denigrate _____

    ☐ athlete _____
    ☐ complete _____
    ☐ deplete _____

    ☐ adorable _____
    ☐ endurable _____
    ☐ deplorable _____

38. ☐ delicate _____
    ☐ dedicate _____
    ☐ deprecate _____

    ☐ violate _____
    ☐ isolate _____
    ☐ desolate _____

    ☐ institute _____
    ☐ constitute _____
    ☐ destitute _____

39. ☐ deter _____
    ☐ deterrent _____
    ☐ deterrence _____

    ☐ test _____
    ☐ contest _____
    ☐ detest _____

    ☐ devalue _____
    ☐ deviate _____
    ☐ devious _____

40. ☐ dexter _____
    ☐ dexterity _____
    ☐ dexterous _____

    ☐ trial _____
    ☐ tribe _____
    ☐ diatribe _____

    ☐ incident _____
    ☐ confident _____
    ☐ diffident _____

41. ☐ discern _____
    ☐ discerning _____
    ☐ discernment _____

    ☐ progress _____
    ☐ congress _____
    ☐ digress _____

    ☐ minute _____
    ☐ miniature _____
    ☐ diminutive _____

42. ☐ dispatch _____
    ☐ disparage _____
    ☐ dispensable _____

    ☐ genius _____
    ☐ ingenuous _____
    ☐ disingenuous _____

    ☐ dispute _____
    ☐ disputation _____
    ☐ disputatious _____

43. ☐ dive _____
    ☐ divert _____
    ☐ diverse _____

    ☐ resident _____
    ☐ president _____
    ☐ dissident _____

    ☐ trade _____
    ☐ persuade _____
    ☐ dissuade _____

44. ☐ dog _____
    ☐ dogged _____
    ☐ dogma _____

    ☐ due _____
    ☐ dual _____
    ☐ dubious _____

    ☐ dupe _____
    ☐ duplicate _____
    ☐ duplicity _____

45. ☐ effect _____
    ☐ effective _____
    ☐ efficacious _____

    ☐ reface _____
    ☐ efface _____
    ☐ preface _____

    ☐ egg _____
    ☐ eggplant _____
    ☐ egregious _____

46. ☐ ego _____
    ☐ egotist _____
    ☐ egotistical _____

    ☐ puzzle _____
    ☐ dazzle _____
    ☐ embezzle _____

    ☐ election _____
    ☐ execution _____
    ☐ elocution _____

47. ☐ elevate _____
    ☐ excavate _____
    ☐ enervate _____

    ☐ cumber _____
    ☐ encumber _____
    ☐ encumbrance _____

    ☐ drama _____
    ☐ dilemma _____
    ☐ enigma _____

48. ☐ enter _____
    ☐ enterprise _____
    ☐ enterprising _____

    ☐ mineral _____
    ☐ numeral _____
    ☐ ephemeral _____

    ☐ voice _____
    ☐ vocal _____
    ☐ equivocal _____

49. epitome

emergency	〔 ɪˈmɝdʒənsɪ 〕	*n.*	緊急情況
economy	〔 ɪˈkɑnəmɪ 〕	*n.*	經濟
epitome	〔 ɪˈpɪtəmɪ 〕	*n.*	典型
few	〔 fju 〕	*adj.*	很少的
chew	〔 tʃu 〕	*v.*	咀嚼
eschew	〔 ɛsˈtʃu 〕	*v.*	避開
eulogy	〔 ˈjulədʒɪ 〕	*n.*	頌揚
etymology	〔 ˌɛtəˈmɑlədʒɪ 〕	*n.*	語源學
entomology	〔 ˌɛntəˈmɑlədʒɪ 〕	*n.*	昆蟲學

【SAT 同義關鍵字】

1. **epitome** *n.* 典型；縮影；象徵；節錄
   (= *representation* = *typification* = *embodiment*)
   He is the ***epitome*** of sloth. (他是懶惰的典型。)

2. **eschew** *v.* 避開；避免 (= *avoid* = *escape* = *shun*)
   He ***eschewed*** the opportunity of media exposure and avoided nightclubs. (他避開在媒體前曝光的機會和避免去夜店。)

3. **eulogy** *n.* 頌揚；讚頌；頌詞 (= *praise* = *glorification*)
   I needed to create a ***eulogy***, not only to him but to all the unsung heroes.
   (我需要創作一首頌揚詞，不僅是歌頌他，也要歌頌所有無名英雄。)

50. eradicate

educate	﹝ˈɛdʒəˌket﹞	v. 教育
evacuate	﹝ ɪˈvækjuˌet﹞	v. 疏散
eradicate	﹝ ɪˈrædɪˌket﹞	v. 根除
historic	﹝ hɪsˈtɔrɪk﹞	adj. 歷史上的
barbaric	﹝ barˈbærɪk﹞	adj. 未開化的
esoteric	﹝ˌɛsəˈtɛrɪk﹞	adj. 深奧的
recent	﹝ˈrisn̩t﹞	adj. 最近的
adjacent	﹝ əˈdʒesn̩t﹞	adj. 鄰近的
evanescent	﹝ˌɛvəˈnɛsn̩t﹞	adj. 逐漸消失的

【SAT 同義關鍵字】

1. **eradicate** *v.* 根除；根絕；消滅（ = *uproot* = *remove* = *eliminate* ）
   The government is making efforts to *eradicate* racial discrimination.（政府正在努力消除種族歧視。）

2. **esoteric** *adj.* 深奧的；難理解的
   （ = *obscure* = *abstruse* = *cryptic* ）
   She has published several books on theology and other *esoteric* subjects.（她出版了幾本神學和其他深奧主題的書。）

3. **evanescent** *adj.* 短暫的；逐漸消失的
   （ = *ephemeral* = *fading away* = *vanishing* = *fleeting* ）
   It was an *evanescent* moment, captured in the pop of a photographer's flashbulb.
   （在攝影師的鎂光燈下，捕捉了這短暫的時刻。）

51. ethical

ethic	〔'εθɪk 〕	*n.*	道德規範
ethics	〔'εθɪks 〕	*n. pl.*	道德
ethical	〔'εθikḷ 〕	*adj.*	道德的
sort	〔 sɔrt 〕	*v.*	分類
escort	〔 εsɔrt 〕	*v.*	護送
exhort	〔 ɪg'zɔrt 〕	*v.*	力勸
generate	〔'dʒɛnə,ret 〕	*v.*	產生
degenerate	〔 dɪ'dʒɛnə,ret 〕	*v.*	墮落
exonerate	〔 ɪg'zɑnə,ret 〕	*v.*	使免受責備

【SAT 同義關鍵字】

1. **ethical** *adj.* 道德的;倫理的 (= *upright* = *moral* = *virtuous*)
   Would it be ***ethical*** to lie to save a person's life?
   (為拯救一個人的生命而說謊是合乎道德的嗎?)

2. **exhort** *v.* 力勸;規勸;告誡;敦促;激勵
   (= *urge* = *press* = *persuade*)
   I ***exhorted*** him not to drink too much.
   (我勸戒他不要飲酒過量。)

3. **exonerate** *v.* 使免受責備;證明無罪
   (= *clear* = *excuse* = *acquit*)
   This report is not meant to excuse their ethical failings, or
   exonerate them from their wrongdoings.
   (此報告並不意味著原諒他們的道德缺陷,或為他們的錯誤行為開脫。)

52. expedite

expedite	(ˈɛkspɪˌdaɪt)	*v.*	使加速
expedition	(ˈɛkspɪˌdɪʃən)	*n.*	遠征（隊）
expeditious	(ˈɛkspɪˌdɪʃəs)	*adj.*	迅速的
participate	(parˈtɪsəˌpet)	*v.*	參加
anticipate	(ænˈtɪsəˌpet)	*v.*	預期
exculpate	(ˈɛkskʌlˌpet)	*v.*	使無罪
extirpate	(ˈɛkstɚˌpet)	*v.*	根絕
extirpator	(ˈɛkstɚˌpetɚ)	*n.*	根絕者
extirpation	(ˌɛkstɚˈpeʃən)	*n.*	根絕

【SAT 同義關鍵字】

1. **expedite** *v.* 使加速；迅速執行；促進
   (= *quicken* = *facilitate* = *accelerate*)
   We will do all we can to *expedite* the procedure.
   （我們將盡可能地加快程序。）

2. **exculpate** *v.* 使無罪；開脫 (= *absolve* = *acquit* = *exonerate*)
   Photos can *exculpate* people just as well as they can
   incriminate them. （相片能使人無罪開脫，也能使人獲罪。）

3. **extirpate** *v.* 根絕；滅絕；破除
   (= *exterminate* = *eliminate* = *eradicate*)
   A huge effort was made to *extirpate* the rats.
   （付出了巨大的努力來根絕老鼠。）

53. exacting

exact	〔 ɪg'zækt 〕	*adj.*	精確的
exactly	〔 ɪg'zæktlɪ 〕	*adv.*	精確地
exacting	〔 ɪg'zæktɪŋ 〕	*adj.*	嚴格的
seriate	〔 'sɪrɪˌet 〕	*adj.*	形成系列的
variate	〔 'vɛrɪˌet 〕	*v.*	改變
excoriate	〔 ɛk'skorɪˌet 〕	*n.*	嚴厲指責
execute	〔 'ɛksɪˌkjut 〕	*v.*	實行
executable	〔 'ɛksɪkjutəbəl 〕	*adj.*	執行的
execrable	〔 'ɛksɪkrəbl̩ 〕	*adj.*	惡劣的

【SAT 同義關鍵字】

1. **exacting** *adj.* 嚴格的；嚴厲的；艱難的
   (= *stern* = *strict* = *demanding*)

   Our new manager has very *exacting* standards.
   （我們的新經理有非常嚴格的標準。）

2. **excoriate** *v.* 嚴厲指責；擦破皮；剝（皮）
   (= *berate* = *denounce* = *condemn*)

   He was *excoriated* for his mistakes.
   （他因他的錯誤受到嚴厲的指責。）

condemn = excoriate

3. **execrable** *adj.* 惡劣的；可憎恨的
   (= *hateful* = *abhorrent* = *detestable*)

   I can't endure her *execrable* manners. （我不能忍受她惡劣的態度。）

54. exemplary

exam	〔 ɪgˋzæm 〕	*n.*	考試
example	〔 ɪgˋzæmpḷ 〕	*n.*	例子
exemplary	〔 ɪgˋzɛmplərɪ 〕	*adj.*	可爲模範的
urgency	〔 ˋɝdʒənsɪ 〕	*n.*	迫切
exigency	〔 ˋɛksədʒənsɪ 〕	*n.*	應急措施
emergency	〔 ɪˋmɝdʒənsɪ 〕	*n.*	緊急情況
express	〔 ɪkˋsprɛs 〕	*v.*	表達
expressly	〔 ɪkˋsprɛslɪ 〕	*adv.*	特意地
expression	〔 ɪkˋsprɛʃən 〕	*n.*	表情

【SAT 同義關鍵字】

1. **exemplary** *adj.* 可爲模範的；楷模的；懲戒性的
   (= *ideal* = *model* = *representative*)
   He showed outstanding and *exemplary* courage in the face of
   danger. (他面對危險時，表現傑出且具模範的勇氣。)

2. **exigency** *n.* 應急措施；應急情況；危機
   (= *need* = *demand* = *necessity*)
   The reduction was caused by the *exigencies* of a wartime
   economy. (此減少是因應戰時經濟的迫切需要。)

3. **expressly** *adv.* 特意地；故意地；確切地
   (= *purposely* = *deliberately* = *intentionally*)
   The building is *expressly* designed to conserve energy.
   (這座建築經特意設計以節約能源。)

55. expertise

expert	〔ˈɛkspɝt 〕	*n.*	專家
expertise	〔ˌɛkspɚˈtiz 〕	*n.*	專門知識
exploration	〔ˌɛkspləˈreʃən 〕	*n.*	探險
fad	〔 fæd 〕	*n.*	一時的流行
fade	〔 fed 〕	*v.*	褪色
facade	〔 fəˈsɑd 〕	*n.*	外觀
face	〔 fes 〕	*n.*	臉
facility	〔 fəˈsɪlətɪ 〕	*n.*	設備
facetious	〔 fəˈsiʃəs 〕	*adj.*	戲謔的

【SAT 同義關鍵字】

1. **expertise** *n.* 專門知識；專門技術
   (= *know-how* = *expertness* = *masterliness*)
   They invite me to appear at conferences to share my ***expertise***.
   (他們邀請我出席會議，分享我的專業知識。)

2. **facade** *n.* 外觀；表面；(建築物的) 正面
   (= *front* = *cover* = *appearance*)
   Her honesty was all a ***facade***. (她的誠實只是一種表象。)

3. **facetious** *adj.* 戲謔的；滑稽的
   (= *amusing* = *laughable* = *humorous*)
   Are you going to listen or just make ***facetious*** remarks?
   (你要傾聽，或者只是要做出戲謔的評論？)

56. feign

fame	〔 fem 〕	*n.*	名聲
faint	〔 fent 〕	*v.*	昏倒
feign	〔 fen 〕	*v.*	假裝
rich	〔 rɪtʃ 〕	*adj.*	富有的
inch	〔 ɪntʃ 〕	*n.*	英吋
filch	〔 fɪltʃ 〕	*v.*	偷
tickle	〔'tɪkl̩ 〕	*v.*	搔癢
pickle	〔'pɪkl̩ 〕	*n.*	酸黃瓜
fickle	〔'fɪkl̩ 〕	*adj.*	善變的

【SAT 同義關鍵字】

1. **feign** *v.* 假裝；捏造（藉口、理由等）
   (= *fake* = *pretend* = *counterfeit*)
   He *feigned* death to escape capture. (他裝死以逃避被俘。)

2. **filch** *v.* 偷 (= *take* = *steal* = *thieve*)
   I *filched* some notes from his wallet.
   (我從他皮夾裡偷了幾張鈔票。)

to filch notes

3. **fickle** *v.* 善變的；易變的；無常的
   (= *unstable* = *changeable* = *unpredictable*)
   The weather's so *fickle* in spring.
   (春天的天氣如此多變。)

57. *feeble*

fee	〔 fi 〕	*n.*	費用
feed	〔 fid 〕	*v.*	餵
feeble	〔 ˈfibḷ 〕	*adj.*	衰弱的
grant	〔 grænt 〕	*v.*	答應
fragrant	〔ˈfregrənt 〕	*adj.*	芬芳的
flagrant	〔ˈflegrənt 〕	*adj.*	明目張膽的
flame	〔 flem 〕	*n.*	火焰
flammable	〔ˈflæməbḷ 〕	*adj.*	易燃的
flamboyant	〔 flæmˈbɔɪənt 〕	*adj.*	炫麗奪目的

【SAT 同義關鍵字】

1. **feeble** *adj.* 衰弱的；無力的；薄弱的；(智力、性格等) 弱的；
   軟弱的 (= *weak* = *powerless* = *incompetent*)
   She is *feeble* from sickness. (她因爲生病而變得虛弱。)

2. **flagrant** *adj.* 明目張膽的；公然的；兇惡的；罪惡昭彰的
   (= *disgraceful* = *outrageous* = *notorious*)
   This is a *flagrant* violation of human rights.
   (這是對人權的公然侵犯。)

3. **flamboyant** *adj.* 炫麗奪目的；引人注意的
   (= *flaming* = *striking* = *showy* = *resplendent*)
   He wears *flamboyant* clothes.
   (他穿著華麗時髦。)

flamboyant clothes

58. fleeting

flee	〔 fli 〕	*v.*	逃走
fleet	〔 flit 〕	*n.*	艦隊
fleeting	〔'flitɪŋ 〕	*adj.*	短暫的
flip	〔 flɪp 〕	*v.*	輕拋
flipper	〔'flɪpɚ 〕	*n.*	蛙鞋
flippant	〔'flɪpənt 〕	*adj.*	輕浮的
situate	〔'sɪtʃu,et 〕	*v.*	使…位於
habituate	〔 hə'bɪtʃu,et 〕	*v.*	習慣於
fluctuate	〔'flʌktʃu,et 〕	*v.*	波動

【SAT 同義關鍵字】

1. **fleeting** *adj.* 短暫的;飛逝的
   (= *temporary* = *transient* = *ephemeral*)
   I got only a *fleeting* glimpse of him. (我只是匆匆看了他一眼。)

2. **flippant** *adj.* 輕浮的;不認真的;無禮的
   (= *rude* = *disrespectful* = *impudent*)
   John was offended by the doctor's *flippant* attitude.
   (約翰被醫生輕率的態度激怒。)

3. **fluctuate** *v.* 波動;變動;動搖 (= *swing* = *waver* = *alter*)
   The price of vegetables *fluctuates* according to the weather.
   (蔬菜價格隨著天氣變化而波動。)

59. foretell

foresee	﹝ for′si ﹞	*v.*	預料
forecast	﹝ for′kæst ﹞	*v.*	預測
foretell	﹝ for′tɛl ﹞	*v.*	預言
form	﹝ fɔrm ﹞	*n.*	形式
formal	﹝′fɔrml̩ ﹞	*adj.*	正式的
formidable	﹝′fɔrmɪdəbl̩ ﹞	*adj.*	令人畏懼的
fork	﹝ fɔrk ﹞	*n.*	叉子
forbid	﹝ fɚ′bɪd ﹞	*v.*	禁止
forgo	﹝ fɔr′go ﹞	*v.*	放棄

【SAT 同義關鍵字】

1. **foretell** *v.* 預言；預示 (= *forecast* = *predict* = *prophesy*)
   The prophet ***foretold*** a glorious future for the young ruler.
   (那先知預言這年輕的統治者會有輝煌的前程。)

2. **formidable** *adj.* 令人畏懼的；可怕的
   (= *frightening* = *intimidating* = *terrifying*)
   He took on the ***formidable*** task of reforming the whole system.
   (他承擔起改革整個系統這項令人卻步的任務。)

3. **forgo** *v.* 放棄；拋棄；對…斷念 (= *give up* = *abandon* = *waive*)
   She decided to ***forgo*** the party and prepare for the English
   exam. (她決定不去參加聚會，為英語考試作好準備。)

60. forthright

fort	〔 fɔrt 〕	*n.*	堡壘
forth	〔 forθ 〕	*adv.*	向前
forthright	〔ˈforθˈraɪt 〕	*adj.*	直率的
fraud	〔 frɔd 〕	*n.*	詐欺
fraudulent	〔ˈfrɔdʒələnt 〕	*adj.*	詐欺的
fraudulence	〔ˈfrɔdʒələns 〕	*n.*	欺騙
fruit	〔 frut 〕	*n.*	水果
fruitful	〔ˈfrutfəl 〕	*adj.*	收穫多的
frugal	〔ˈfruɡl̩ 〕	*adj.*	節儉的

【SAT 同義關鍵字】

1. **forthright** *adj.* 直率的；直截了當的
   (= *straight* = *direct* = *frank*)
   She gave him a ***forthright*** answer. (她給了他一個坦率的答覆。)

2. **fraudulent** *adj.* 詐欺的；欺騙的
   (= *deceitful* = *deceptive* = *treacherous*)
   They got the information by ***fraudulent*** means.
   (他們用欺騙的手段獲取了該情報。)

3. **frugal** *adj.* 節儉的；節約的；花錢少的
   (= *saving* = *economical* = *thrifty*)
   She is always ***frugal*** with her money. (她一直節省用錢。)

自我測驗　49～60

※ 請看下面中文，唸出英文來，你會唸得很痛快。

49. ☐ 緊急情況 ＿＿＿＿＿＿
　　☐ 經濟 ＿＿＿＿＿＿
　　☐ 典型 ＿＿＿＿＿＿

　　☐ 很少的 ＿＿＿＿＿＿
　　☐ 咀嚼 ＿＿＿＿＿＿
　　☐ 避開 ＿＿＿＿＿＿

　　☐ 頌揚 ＿＿＿＿＿＿
　　☐ 語源學 ＿＿＿＿＿＿
　　☐ 昆蟲學 ＿＿＿＿＿＿

50. ☐ 教育 ＿＿＿＿＿＿
　　☐ 疏散 ＿＿＿＿＿＿
　　☐ 根除 ＿＿＿＿＿＿

　　☐ 歷史上的 ＿＿＿＿＿＿
　　☐ 未開化的 ＿＿＿＿＿＿
　　☐ 深奧的 ＿＿＿＿＿＿

　　☐ 最近的 ＿＿＿＿＿＿
　　☐ 鄰近的 ＿＿＿＿＿＿
　　☐ 逐漸消失的 ＿＿＿＿＿＿

51. ☐ 道德規範 ＿＿＿＿＿＿
　　☐ 道德 ＿＿＿＿＿＿
　　☐ 道德的 ＿＿＿＿＿＿

　　☐ 分類 ＿＿＿＿＿＿
　　☐ 護送 ＿＿＿＿＿＿
　　☐ 力勸 ＿＿＿＿＿＿

　　☐ 產生 ＿＿＿＿＿＿
　　☐ 墮落 ＿＿＿＿＿＿
　　☐ 使免受責備 ＿＿＿＿＿＿

52. ☐ 使加速 ＿＿＿＿＿＿
　　☐ 遠征（隊） ＿＿＿＿＿＿
　　☐ 迅速的 ＿＿＿＿＿＿

　　☐ 參加 ＿＿＿＿＿＿
　　☐ 預期 ＿＿＿＿＿＿
　　☐ 使無罪 ＿＿＿＿＿＿

　　☐ 根絕 ＿＿＿＿＿＿
　　☐ 根絕者 ＿＿＿＿＿＿
　　☐ 根絕 ＿＿＿＿＿＿

53. ☐ 精確的 ＿＿＿＿＿＿
　　☐ 精確地 ＿＿＿＿＿＿
　　☐ 嚴格的 ＿＿＿＿＿＿

　　☐ 形成系列的 ＿＿＿＿＿＿
　　☐ 改變 ＿＿＿＿＿＿
　　☐ 嚴厲指責 ＿＿＿＿＿＿

　　☐ 實行 ＿＿＿＿＿＿
　　☐ 執行的 ＿＿＿＿＿＿
　　☐ 惡劣的 ＿＿＿＿＿＿

54. ☐ 考試 ＿＿＿＿＿＿
　　☐ 例子 ＿＿＿＿＿＿
　　☐ 可爲模範的 ＿＿＿＿＿＿

　　☐ 迫切 ＿＿＿＿＿＿
　　☐ 應急措施 ＿＿＿＿＿＿
　　☐ 緊急情況 ＿＿＿＿＿＿

　　☐ 表達 ＿＿＿＿＿＿
　　☐ 特意地 ＿＿＿＿＿＿
　　☐ 表情 ＿＿＿＿＿＿

55. □ 專家 _____
□ 專門知識 _____
□ 探險 _____

□ 一時的流行 _____
□ 褪色 _____
□ 外觀 _____

□ 臉 _____
□ 設備 _____
□ 戲謔的 _____

56. □ 名聲 _____
□ 昏倒 _____
□ 假裝 _____

□ 富有的 _____
□ 英吋 _____
□ 偷 _____

□ 搔癢 _____
□ 酸黃瓜 _____
□ 善變的 _____

57. □ 費用 _____
□ 餵 _____
□ 衰弱的 _____

□ 答應 _____
□ 芬芳的 _____
□ 明目張膽的 _____

□ 火焰 _____
□ 易燃的 _____
□ 炫麗奪目的 _____

58. □ 逃走 _____
□ 艦隊 _____
□ 短暫的 _____

□ 輕拋 _____
□ 蛙鞋 _____
□ 輕浮的 _____

□ 使…位於 _____
□ 習慣於 _____
□ 波動 _____

59. □ 預料 _____
□ 預測 _____
□ 預言 _____

□ 形式 _____
□ 正式的 _____
□ 令人畏懼的 _____

□ 叉子 _____
□ 禁止 _____
□ 放棄 _____

60. □ 堡壘 _____
□ 向前 _____
□ 直率的 _____

□ 詐欺 _____
□ 詐欺的 _____
□ 欺騙 _____

□ 水果 _____
□ 收穫多的 _____
□ 節儉的 _____

※ 請看下面英文，唸出中文來，還有哪個字你不認識嗎 ?!

49. ☐ emergency _____
　　☐ economy _____
　　☐ epitome _____

　　☐ few _____
　　☐ chew _____
　　☐ eschew _____

　　☐ eulogy _____
　　☐ etymology _____
　　☐ entomology _____

50. ☐ educate _____
　　☐ evacuate _____
　　☐ eradicate _____

　　☐ historic _____
　　☐ barbaric _____
　　☐ esoteric _____

　　☐ recent _____
　　☐ adjacent _____
　　☐ evanescent _____

51. ☐ ethic _____
　　☐ ethics _____
　　☐ ethical _____

　　☐ sort _____
　　☐ escort _____
　　☐ exhort _____

　　☐ generate _____
　　☐ degenerate _____
　　☐ exonerate _____

52. ☐ expedite _____
　　☐ expedition _____
　　☐ expeditious _____

　　☐ participate _____
　　☐ anticipate _____
　　☐ exculpate _____

　　☐ extirpate _____
　　☐ extirpator _____
　　☐ extirpation _____

53. ☐ exact _____
　　☐ exactly _____
　　☐ exacting _____

　　☐ seriate _____
　　☐ variate _____
　　☐ excoriate _____

　　☐ execute _____
　　☐ executable _____
　　☐ execrable _____

54. ☐ exam _____
　　☐ example _____
　　☐ exemplary _____

　　☐ urgency _____
　　☐ exigency _____
　　☐ emergency _____

　　☐ express _____
　　☐ expressly _____
　　☐ expression _____

55. ☐ expert _____
    ☐ expertise _____
    ☐ exploration _____

    ☐ fad _____
    ☐ fade _____
    ☐ facade _____

    ☐ face _____
    ☐ facility _____
    ☐ facetious _____

56. ☐ fame _____
    ☐ faint _____
    ☐ feign _____

    ☐ rich _____
    ☐ inch _____
    ☐ filch _____

    ☐ tickle _____
    ☐ pickle _____
    ☐ fickle _____

57. ☐ fee _____
    ☐ feed _____
    ☐ feeble _____

    ☐ grant _____
    ☐ fragrant _____
    ☐ flagrant _____

    ☐ flame _____
    ☐ flammable _____
    ☐ flamboyant _____

58. ☐ flee _____
    ☐ fleet _____
    ☐ fleeting _____

    ☐ flip _____
    ☐ flipper _____
    ☐ flippant _____

    ☐ situate _____
    ☐ habituate _____
    ☐ fluctuate _____

59. ☐ foresee _____
    ☐ forecast _____
    ☐ foretell _____

    ☐ form _____
    ☐ formal _____
    ☐ formidable _____

    ☐ fork _____
    ☐ forbid _____
    ☐ forgo _____

60. ☐ fort _____
    ☐ forth _____
    ☐ forthright _____

    ☐ fraud _____
    ☐ fraudulent _____
    ☐ fraudulence _____

    ☐ fruit _____
    ☐ fruitful _____
    ☐ frugal _____

61. furtive

fur	〔 fɝ 〕	*n.*	毛皮
further	〔'fɝðɚ 〕	*adv.*	較遠的
furtive	〔'fɝtɪv 〕	*adj.*	鬼祟的
vanish	〔'vænɪʃ 〕	*v.*	消失
perish	〔'pɛrɪʃ 〕	*v.*	死亡
garish	〔'gɛrɪʃ 〕	*adj.*	俗豔的
fabulous	〔'fæbjuləs 〕	*adj.*	極好的
garrulous	〔'gærələs 〕	*adj.*	喋喋不休的
ridiculous	〔 rɪ'dɪkjələs 〕	*adj.*	荒謬的

【SAT 同義關鍵字】

1. **furtive** *adj.* 鬼祟的；偷偷的 (= *hidden* = *sneaky* = *stealthy*)
   The man's ***furtive*** manner made the policeman follow him.
   （這人鬼鬼祟祟的舉止引起警察跟蹤他。）

2. **garish** *adj.* 俗豔的；炫耀的；過分裝飾的
   (= *vulgar* = *flashy* = *showy*)
   Please ignore the garish colors and focus instead on the
   darkest parts of the picture.
   （請忽略花俏的顏色，轉而專注在畫中最暗的部分。）

3. **garrulous** *adj.* 喋喋不休的 (= *talkative* = *chatty* = *chattering*)
   He suddenly became very ***garrulous***, and his face slightly
   flushed. （他突然變得喋喋不休，而且他的臉微微泛紅。）

62. glacial

glass	〔 glæs 〕	*n.*	玻璃
glacier	〔 ˈgleʃə 〕	*n.*	冰河
glacial	〔 ˈgleʃəl 〕	*adj.*	冰冷的
genetic	〔 dʒəˈnɛtɪk 〕	*n.*	遺傳學
genetics	〔 dʒəˈnɛtɪks 〕	*adj.*	遺傳學的
genealogy	〔ˌdʒiniˈælədʒɪ 〕	*n.*	系譜（學）
frequent	〔ˈfrikwənt 〕	*adj.*	經常的
eloquent	〔ˈɛləkwənt 〕	*adj.*	口才好的
grandiloquent	〔 grænˈdɪləkwənt 〕	*adj.*	（言語）浮誇的

【SAT 同義關鍵字】

1. **glacial** *adj.* 冰冷的，冷淡的；冰的；冰狀的；冰河的；
   冰河時代的 (= *icy* = *cold* = *unfriendly*)
   She gave me a *glacial* smile.（她給我一個冷笑。）

2. **genealogy** *n.* 系譜（學）；宗譜（圖）；家系；世系；血統；血緣
   (= *family tree* = *ancestry* = *lineage*)
   I'm interested in *genealogy*, and I also worked as an
   archaeologist for quite a few years.
   （我對系譜學感興趣，還擔任了好幾年的考古學家。）

3. **grandiloquent** *n.* （言語）浮誇的；誇張的；大言不慚的
   (= *pompous* = *inflated*)
   His *grandiloquent* style can also seem contrived.
   （他誇張的風格也顯得做作。）

63. glut

glad	〔 glæd 〕	*adj.* 高興的
glow	〔 glo 〕	*v.* 發光
glut	〔 glʌt 〕	*n.* 供應過多
road	〔 rod 〕	*n.* 路
load	〔 lod 〕	*n.* 負擔
goad	〔 god 〕	*v.* 煽動
mile	〔 maɪl 〕	*n.* 哩
file	〔 faɪl 〕	*n.* 文件
guile	〔 gaɪl 〕	*n.* 狡猾

【SAT 同義關鍵字】

1. **glut** *n.* (商品的) 供應過多 (= *oversupply* = *overabundance*)
   v. 滿足 (食慾、慾望)；過度供應

   There is a *glut* of agricultural products in Western Europe.
   (西歐農產品過剩。)

2. **goad** *v.* 煽動；刺激；驅使 (= *provoke* = *drive* = *urge*)
   They *goaded* him into doing it by saying he was a coward.
   (他們說他是個膽小鬼，以此刺激他去做這件事。)

3. **guile** *n.* 狡猾；奸詐 (= *cunning* = *deceit* = *duplicity*)
   He persuaded her to sign the document by *guile*.
   (他用狡猾的手段說服她簽署了這項文件。)

64. gustatory

gust	〔 gʌst 〕	*n.*	一陣風
gusto	〔'gʌsto 〕	*n.*	滋味
gustatory	〔'gʌstə,torɪ 〕	*adj.*	味覺的
gorgeous	〔'gɔrdʒəs 〕	*adj.*	非常漂亮的
glorious	〔'glorɪəs 〕	*adj.*	光榮的
gregarious	〔 grɪ'gɛrɪəs 〕	*adj.*	群居的
grand	〔 grænd 〕	*adj.*	雄偉的
grandiose	〔'grændɪ,os 〕	*adj.*	堂皇的
grandiosity	〔,grændɪ'ɑsətɪ 〕	*n.*	鋪張

【SAT 同義關鍵字】

1. **gustatory** *adj.* 味覺的；嘗味的 (= *gustative* = *gustatorial*)
   Not all his **gustatory** experiments have been so successful.
   （他的味覺實驗並非都如此成功。）

2. **gregarious** *adj.* 群居的；叢生的；合群的
   (= *social* = *sociable* = *convivial*)
   She's such a **gregarious** and outgoing
   person. （她是這樣一個合群又外向的人。）

gregarious

3. **grandiose** *n.* 堂皇的；宏偉的；浮誇的
   (= *grand* = *majestic* = *magnificent*)
   The mayor's office is housed in the **grandiose** building.
   （市長的辦公室坐落在這棟宏偉的建築裡。）

65. hackneyed

hack	〔hæk〕	*v.*	猛砍
hacker	〔'hækɚ〕	*n.*	駭客
hackneyed	〔'hæknɪd〕	*adj.*	陳舊的
mail	〔mel〕	*n.*	郵件
rail	〔rel〕	*n.*	欄杆
hail	〔hel〕	*v.*	向…歡呼
ham	〔hæm〕	*n.*	火腿
hammer	〔'hæmɚ〕	*n.*	鐵鎚
hamper	〔'hæmpɚ〕	*v.*	妨礙

【SAT 同義關鍵字】

1. **hackneyed** *adj.* 陳舊的；陳腐的；平庸的
   (= *banal* = *clichéd* = *commonplace*)
   That's an old **hackneyed** phrase, but it makes sense.
   （雖然是一句老舊陳腐的短語，但它還是蠻有道理。）

2. **hail** *v.* 向…歡呼；為…喝采；承認…為；擁立
   (= *cheer* = *applaud* = *glorify*) *n.* 歡呼；打招呼
   The people lined the street to **hail** the invincible general.
   （人們排列在街道兩旁向常勝將軍歡呼。）

3. **hamper** *v.* 妨礙；阻礙；牽制；束縛
   (= *hinder* = *handicap* = *obstruct*)
   The snow **hampered** my movements.（雪妨礙了我的行動。）

66. harangue

harass	〔 həˈræs 〕	*v.*	騷擾
harassment	〔 həˈræsmənt 〕	*n.*	騷擾
harangue	〔 həˈræŋ 〕	*v.*	滔滔不絕訓話
ginger	〔ˈdʒɪndʒɚ 〕	*n.*	薑
messenger	〔ˈmɛsn̩dʒɚ 〕	*n.*	信差
harbinger	〔ˈharbɪndʒɚ 〕	*n.*	預兆
poisonous	〔ˈpɔɪznəs 〕	*adj.*	有毒的
ruinous	〔ˈruɪnəs 〕	*adj.*	荒廢的
heinous	〔ˈhenəs 〕	*adj.*	可憎的

【SAT 同義關鍵字】

1. **harangue** *v.* 滔滔不絕訓話（ = *address* = *lecture* = *preach* ）
   n. 高談闊論；熱烈的演說
   He *harangued* his fellow students and persuaded them to
   walk out. (他對他的同學慷慨陳詞說服他們罷課。)

2. **harbinger** *n.* 預兆；前兆；預示（ = *sign* = *herald* = *omen* ）
   Maple leaves in the process of turning red are the *harbinger*
   of autumn. (楓葉變紅的過程是秋天的預兆。)

3. **heinous** *adj.* 可憎的；兇惡的（ = *evil* = *awful* = *atrocious* ）
   Paul betrayed the family's trust with a *heinous* act.
   (保羅令人髮指的行為背叛了家族的信任。)

67. *hasten*

haste	﹝ hest ﹞	*n.*	匆忙
hasty	﹝ˊhestɪ﹞	*adj.*	匆忙的
hasten	﹝ˊhesn̩﹞	*v.*	催促
heroin	﹝ˊhɛro‧ɪn﹞	*n.*	海洛英
heresy	﹝ˊhɛrəsɪ﹞	*n.*	異端邪說
heretic	﹝ˊhɛrətɪk﹞	*n.*	異敎徒
binder	﹝ˊbaɪndɚ﹞	*n.*	捆縛用具
finder	﹝ˊfaɪndɚ﹞	*n.*	發現者
hinder	﹝ˊhɪndɚ﹞	*v.*	妨礙

【SAT 同義關鍵字】

1. **hasten** *v.* 催促；加速；趕緊 (= *hurry* = *rush* = *expedite*)
   Warm weather and showers *hastened* the growth of the plants.
   (溫暖的天氣和陣雨加速了植物的生長。)

2. **heresy** *n.* 異端邪說；異敎
   (= *unorthodoxy* = *heterodoxy* = *apostasy*)
   Witches were burned at the stake for
   heresy in the 14th century.
   (女巫在十四世紀因信仰異敎而被處火刑。)

witches

3. **hinder** *v.* 妨礙；阻礙 (= *hamper* = *obstruct* = *handicap*)
   The policy will promote rather than *hinder* the reform.
   (這項政策將促進而不是妨礙改革。)

68. hoodwink

hood	〔 hʊd 〕	*n.*	兜帽
hoodie	〔 'hʊdɪ 〕	*n.*	連帽衫
hoodwink	〔 'hʊd,wɪŋk 〕	*v.*	矇騙
human	〔 'hjumən 〕	*n.*	人
humanity	〔 hju'mænətɪ 〕	*n.*	人性
humanitarian	〔 hju,mænə'tɛrɪən 〕	*n.*	慈善家
noble	〔 'nobḷ 〕	*adj.*	高貴的
ignoble	〔 ɪg'nobḷ 〕	*adj.*	低賤的
ignominious	〔 ,ɪgnə'mɪnɪəs 〕	*adj.*	丟臉的

【SAT 同義關鍵字】

1. **hoodwink** *v.* 矇騙；欺詐；哄騙 (= *deceive* = *trick* = *hoax*)
   Many people are ***hoodwinked*** by the so-called beauty industry.
   (很多人都被所謂的美容行業矇騙。)

2. **humanitarian** *n.* 慈善家；人道主義者
   (= *altruist* = *benefactor* = *philanthropist*)
   The ***humanitarian***'s first obligation is to do no harm.
   (人道主義者的首要義務是不去傷害。)

3. **ignominious** *adj.* 丟臉的；可恥的
   (= *embarrassing* = *disgraceful* = *shameful*)
   Many thought that he was doomed to ***ignominious*** failure.
   (許多人認為他注定要遭受到可恥的失敗。)

69. *iconoclast*

icon	〔'aɪkɑn 〕	*n.*	肖像
iconic	〔 aɪ'kɑnɪk 〕	*adj.*	偶像的
iconoclast	〔 aɪ'kɑnə,klæst 〕	*n.*	破除傳統者
mutate	〔'mjutet 〕	*v.*	突變
mutable	〔'mjutəbḷ 〕	*adj.*	易變的
immutable	〔 ɪ'mjutəbḷ 〕	*adj.*	不變的
pea	〔 pi 〕	*n.*	豌豆
peach	〔 pitʃ 〕	*n.*	桃子
impeach	〔 ɪm'pitʃ 〕	*v.*	彈劾

【SAT 同義關鍵字】

1. **iconoclast** *n.* 破除傳統者；偶像破壞者；反對崇拜聖像者
   (= *heretic* = *rebel* = *dissident*)
   He was an *iconoclast* who refused to be bound by tradition.
   （他是個拒絕被傳統束縛的破除傳統者。）

2. **immutable** *adj.* 不變的 (= *changeless* = *unchangeable* = *constant*)
   Scientists once believed that long-term memories were
   immutable. （科學家們曾經認為長期記憶是不變的。）

3. **impeach** *v.* 彈劾；控告；對…懷有疑問
   (= *accuse* = *charge* = *prosecute*)
   The House of Representatives has the sole power to *impeach*
   an officer of the United States government.
   （眾議院有單獨行使彈劾美國政府官員的權力。）

70. impel

impel	〔 ɪmˈpɛl 〕	*v.* 推進
expel	〔 ɪkˈpɛl 〕	*v.* 驅逐
propel	〔 prəˈpɛl 〕	*v.* 驅使
impact	〔ˈɪmpækt 〕	*n.* 衝擊
impassive	〔 ɪmˈpæsɪv 〕	*adj.* 無動於衷的
impeccable	〔 ɪmˈpɛkəbḷ 〕	*adj.* 無瑕的
pedal	〔ˈpɛdḷ 〕	*n.* 踏板
impede	〔 ɪmˈpid 〕	*v.* 妨礙
impediment	〔 ɪmˈpɛdəmənt 〕	*n.* 障礙

【SAT 同義關鍵字】

1. **impel** *v.* 推進；推動；激勵；驅使 (= *drive* = *force* = *push*)
   The wind ***impelled*** the boat toward the shore.
   (風把船吹向岸邊。)

2. **impeccable** *adj.* 無瑕的；無懈可擊的；無缺點的
   (= *faultless* = *perfect* = *flawless*)
   She had ***impeccable*** taste in clothes. (她有無可挑剔的衣著品味。)

3. **impediment** *n.* 障礙；阻礙；障礙物
   (= *obstacle* = *barrier* = *hindrance*)
   The main ***impediment*** to development
   is the country's huge foreign debt.
   (發展的主要障礙是國家欠下的巨額外債。)

The impediment

71. impecunious

imperial	〔 ɪmˈpɪrɪəl 〕	*adj.*	帝國的
imperious	〔 ɪmˈpɪrɪəs 〕	*adj.*	專橫的
impecunious	〔ˌɪmpɪˈkjunɪəs 〕	*adj.*	貧窮的
impose	〔 ɪmˈpoz 〕	*v.*	施行
imposing	〔 ɪmˈpozɪŋ 〕	*adj.*	雄偉的
imposter	〔 ɪmˈpɑstɚ 〕	*n.*	冒充者
previous	〔ˈprivɪəs 〕	*adj.*	先前的
pervious	〔ˈpɝvɪəs 〕	*adj.*	透（光）的
impervious	〔 ɪmˈpɝvɪəs 〕	*adj.*	透不過的

【SAT 同義關鍵字】

1. **impecunious** *adj.* 貧窮的；沒有錢的
   (= *poor* = *penniless* = *impoverished*)
   Back in the eighties he was an
   impecunious, would-be racing driver.
   （在 80 年代，他身無分文想成爲賽車手。）

racing driver

2. **imposter** *n.* 冒充者；冒名頂替者；騙子
   (= *faker* = *pretender* = *deceiver*)
   Please see information on ***imposter*** and fraud concerns.
   （請參閱冒名頂替者和欺詐的相關資訊。）

3. **impervious** *adj.* 透不過的；不受影響的；不爲所動的 < *to* >
   (= *immune to* = *unaffected by* = *invulnerable to*)
   He is ***impervious*** to criticism. （他不爲批評所動。）

72. impertinent

imperative	〔 ɪmˋpɛrətɪv 〕	*adj.*	必須的
impertinent	〔 ɪmˋpɝtnənt 〕	*adj.*	不切題的
implement	〔ˋɪmpləˏmɛnt 〕	*v.*	實施
poor	〔 pʊr 〕	*adj.*	窮的
poverty	〔ˋpɑvɚtɪ 〕	*n.*	貧窮
impoverish	〔 ɪmˋpɑvərɪʃ 〕	*v.*	使貧窮
evident	〔ˋɛvədənt 〕	*adj.*	明顯的
provident	〔ˋprɑvədənt 〕	*adj.*	深謀遠慮的
improvident	〔 ɪmˋprɑvədənt 〕	*adj.*	不顧未來的

【SAT 同義關鍵字】

1. **impertinent** *adj.* 不切題的;不恰當的;不禮貌的
   (= *irrelevant* = *unsuitable* = *inappropriate*)
   His ***impertinent*** remarks wasted our valuable time.
   (他那些不著邊際的話浪費了我們寶貴的時間。)

2. **impoverish** *v.* 使貧窮;使惡化;耗盡
   (= *bankrupt* = *ruin* = *make penniless*)
   Her family was ***impoverished*** by a fire.
   (她的家被一場火弄得一貧如洗。)

3. **improvident** *adj.* 不顧未來的;淺見的;無先見之明的
   (= *shortsighted* = *thoughtless* = *ill-considered*)
   The ***improvident*** worker saved no money.
   (那個見識短淺的工人存不了錢。)

自我測驗　61～72

※ 請看下面中文，唸出英文來，你會唸得很痛快。

61. ☐ 毛皮 _____
☐ 較遠的 _____
☐ 鬼祟的 _____

☐ 消失 _____
☐ 死亡 _____
☐ 俗豔的 _____

☐ 極好的 _____
☐ 喋喋不休的 _____
☐ 荒謬的 _____

62. ☐ 玻璃 _____
☐ 冰河 _____
☐ 冰冷的 _____

☐ 遺傳學 _____
☐ 遺傳學的 _____
☐ 系譜（學）_____

☐ 經常的 _____
☐ 口才好的 _____
☐ （言語）浮誇的 _____

63. ☐ 高興的 _____
☐ 發光 _____
☐ 供應過多 _____

☐ 路 _____
☐ 負擔 _____
☐ 煽動 _____

☐ 哩 _____
☐ 文件 _____
☐ 狡猾 _____

64. ☐ 一陣風 _____
☐ 滋味 _____
☐ 味覺的 _____

☐ 非常漂亮的 _____
☐ 光榮的 _____
☐ 群居的 _____

☐ 雄偉的 _____
☐ 堂皇的 _____
☐ 鋪張 _____

65. ☐ 猛砍 _____
☐ 駭客 _____
☐ 陳舊的 _____

☐ 郵件 _____
☐ 欄杆 _____
☐ 向…歡呼 _____

☐ 火腿 _____
☐ 鐵鎚 _____
☐ 妨礙 _____

66. ☐ 騷擾 _____
☐ 騷擾 _____
☐ 滔滔不絕訓話 _____

☐ 薑 _____
☐ 信差 _____
☐ 預兆 _____

☐ 有毒的 _____
☐ 荒廢的 _____
☐ 可憎的 _____

67. ☐ 匆忙 _____
☐ 匆忙的 _____
☐ 催促 _____

☐ 海洛英 _____
☐ 異端邪說 _____
☐ 異教徒 _____

☐ 捆縛用具 _____
☐ 發現者 _____
☐ 妨礙 _____

68. ☐ 兜帽 _____
☐ 連帽衫 _____
☐ 矇騙 _____

☐ 人 _____
☐ 人性 _____
☐ 慈善家 _____

☐ 高貴的 _____
☐ 低賤的 _____
☐ 丟臉的 _____

69. ☐ 肖像 _____
☐ 偶像的 _____
☐ 破除傳統者 _____

☐ 突變 _____
☐ 易變的 _____
☐ 不變的 _____

☐ 豌豆 _____
☐ 桃子 _____
☐ 彈劾 _____

70. ☐ 推進 _____
☐ 驅逐 _____
☐ 驅使 _____

☐ 衝擊 _____
☐ 無動於衷的 _____
☐ 無瑕的 _____

☐ 踏板 _____
☐ 妨礙 _____
☐ 障礙 _____

71. ☐ 帝國的 _____
☐ 專橫的 _____
☐ 貧窮的 _____

☐ 施行 _____
☐ 雄偉的 _____
☐ 冒充者 _____

☐ 先前的 _____
☐ 透（光）的 _____
☐ 透不過的 _____

72. ☐ 必須的 _____
☐ 不切題的 _____
☐ 實施 _____

☐ 窮的 _____
☐ 貧窮 _____
☐ 使貧窮 _____

☐ 明顯的 _____
☐ 深謀遠慮的 _____
☐ 不顧未來的 _____

※ 請看下面英文，唸出中文來，還有哪個字你不認識嗎?!

61. ☐ fur _____
☐ further _____
☐ furtive _____

☐ vanish _____
☐ perish _____
☐ garish _____

☐ fabulous _____
☐ garrulous _____
☐ ridiculous _____

62. ☐ glass _____
☐ glacier _____
☐ glacial _____

☐ genetic _____
☐ genetics _____
☐ genealogy _____

☐ frequent _____
☐ eloquent _____
☐ grandiloquent _____

63. ☐ glad _____
☐ glow _____
☐ glut _____

☐ road _____
☐ load _____
☐ goad _____

☐ mile _____
☐ file _____
☐ guile _____

64. ☐ gust _____
☐ gusto _____
☐ gustatory _____

☐ gorgeous _____
☐ glorious _____
☐ gregarious _____

☐ grand _____
☐ grandiose _____
☐ grandiosity _____

65. ☐ hack _____
☐ hacker _____
☐ hackneyed _____

☐ mail _____
☐ rail _____
☐ hail _____

☐ ham _____
☐ hammer _____
☐ hamper _____

66. ☐ harass _____
☐ harassment _____
☐ harangue _____

☐ ginger _____
☐ messenger _____
☐ harbinger _____

☐ poisonous _____
☐ ruinous _____
☐ heinous _____

67. ☐ haste _____
☐ hasty _____
☐ hasten _____

☐ heroin _____
☐ heresy _____
☐ heretic _____

☐ binder _____
☐ finder _____
☐ hinder _____

68. ☐ hood _____
☐ hoodie _____
☐ hoodwink _____

☐ human _____
☐ humanity _____
☐ humanitarian _____

☐ noble _____
☐ ignoble _____
☐ ignominious _____

69. ☐ icon _____
☐ iconic _____
☐ iconoclast _____

☐ mutate _____
☐ mutable _____
☐ immutable _____

☐ pea _____
☐ peach _____
☐ impeach _____

70. ☐ impel _____
☐ expel _____
☐ propel _____

☐ impact _____
☐ impassive _____
☐ impeccable _____

☐ pedal _____
☐ impede _____
☐ impediment _____

71. ☐ imperial _____
☐ imperious _____
☐ impecunious _____

☐ impose _____
☐ imposing _____
☐ imposter _____

☐ previous _____
☐ pervious _____
☐ impervious _____

72. ☐ imperative _____
☐ impertinent _____
☐ implement _____

☐ poor _____
☐ poverty _____
☐ impoverish _____

☐ evident _____
☐ provident _____
☐ improvident _____

73. impregnable

impress	﹝ ɪm'prɛs ﹞	*v.*	使印象深刻
impression	﹝ ɪm'prɛʃənəbļ ﹞	*n.*	印象
impregnable	﹝ ɪm'prɛgnəbļ ﹞	*adj.*	難攻陷的
impulse	﹝'ɪmpʌls ﹞	*n.*	衝動
impudent	﹝'ɪmpjudənt ﹞	*adj.*	厚顏無恥的
impudence	﹝'ɪmpjudəns ﹞	*n.*	狂妄
cite	﹝ saɪt ﹞	*v.*	引用
excite	﹝ ɪk'saɪt ﹞	*v.*	刺激
incite	﹝ ɪn'saɪt ﹞	*v.*	激起

【SAT 同義關鍵字】

1. **impregnable** *adj.* 難攻陷的；堅不可摧的；不可動搖的
   (= *unassailable* = *unattackable* = *unbeatable*)

   They are virtually ***impregnable*** to attack from any other party.
   (他們簡直無法被其他黨派所擊倒。)

2. **impudent** *adj.* 厚顏無恥的；放肆的
   (= *shameless* = *blatant* = *audacious*)

   It was ***impudent*** of her to answer like that.
   (她那樣回答，真的太放肆了。)

3. **incite** *v.* 激起；激勵；煽動 (= *stir* = *urge* = *provoke*)
   He was ***incited*** to achievement by rivalry.
   (競爭激勵他努力取得成就。)

74. induce

induce	〔 ɪn'djus 〕	*v.*	引起
reduce	〔 rɪ'djus 〕	*v.*	減少
produce	〔 prə'djus 〕	*v.*	生產
cohere	〔 ko'hɪr 〕	*v.*	前後連貫
coherent	〔 ko'hɪrənt 〕	*adj.*	有條理的
incoherent	〔 ͵ɪnko'hɪrənt 〕	*adj.*	無條理的
different	〔 'dɪfrənt 〕	*adj.*	不同的
indifferent	〔 ɪn'dɪfrənt 〕	*adj.*	漠不關心的
indifference	〔 ɪn'dɪfrəns 〕	*n.*	漠不關心

【SAT 同義關鍵字】

1. **induce** *v.* 引起；導致；引誘；勸 (= *cause* = *lead to* = *give rise to*)
   Her illness was ***induced*** by overwork.
   (她的病是由於工作過度引起的。)

2. **incoherent** *adj.* 無條理的；不一貫的
   (= *disordered* = *inconsistent* = *uncoordinated*)
   As the evening progressed, he became increasingly ***incoherent***.
   (隨著夜漸深，他變得越來越沒有條理。)

3. **indifferent** *adj.* 漠不關心的；無關緊要的；中立的 < *to* >
   (= *detached from* = *uninterested in* = *unconcerned about*)
   I was concentrating so hard that I was ***indifferent*** to the noise
   outside. (我非常專心，以致於不在乎外面的喧鬧聲。)

75. *industrious*

industry	〔ˈɪndəstrɪ〕	*n.* 工業
industrial	〔ɪnˈdʌstrɪəl〕	*adj.* 工業的
industrious	〔ɪnˈdʌstrəs〕	*adj.* 勤勉的
alert	〔əˈlɜt〕	*adj.* 機警的
invert	〔ɪnˈvɜt〕	*v.* 翻轉
inert	〔ɪnˈɜt〕	*adj.* 遲緩的
fatigue	〔fəˈtig〕	*n.* 疲勞
fatiguing	〔fəˈtigɪŋ〕	*adj.* 令人疲累的
indefatigable	〔ˌɪndɪˈfætɪgəbḷ〕	*adj.* 不倦的

【SAT 同義關鍵字】

1. **industrious** *adj.* 勤勉的;勤奮的 (= *assiduous* = *diligent* = *laborious*)　　industry 有兩個意思:①工業 ②勤勉。
   If you are ***industrious***, you can finish the job before dark.
   (你若勤快些就能在天黑前完成這項工作了。)

2. **inert** *adj.* 遲緩的;無生氣的;惰性的
   (= *inactive* = *lifeless* = *sluggish*)
   He stood ***inert*** as the car came towards him.
   (汽車朝他開來時,他還呆呆地站著。)

3. **indefatigable** *adj.* 不倦的;不屈不撓的
   (= *tireless* = *persevering* = *inexhaustible*)
   His ***indefatigable*** spirit helped him to cope with the illness.
   (他不屈不撓的精神幫助他對抗疾病。)

76. inexorable

inevitable	〔 ɪnˈɛvətəbl̩ 〕	*adj.*	無法避免的
invaluable	〔 ɪnˈvæljuəbl̩ 〕	*adj.*	無價的
inexorable	〔 ɪnˈɛksərəbl̩ 〕	*adj.*	無法改變的
famous	〔ˈfeməs 〕	*adj.*	有名的
infamous	〔ˈɪnfəməs 〕【注意重音】	*adj.*	惡名昭彰的
enormous	〔 ɪˈnɔrməs 〕	*adj.*	巨大的
talent	〔ˈtælənt 〕	*n.*	才能
violent	〔ˈvaɪələnt 〕	*adj.*	暴力的
insolent	〔ˈɪnsələnt 〕	*adj.*	傲慢無禮的

【SAT 同義關鍵字】

1. **inexorable** *adj.* 無法改變的；不可阻擋的；無動於衷的；
   毫不寬容的（ = *inescapable* = *inevitable* = *unavoidable* ）
   The film moves so smoothly it seems to be heading toward
   inexorable tragedy.
   （這電影進展這麼流暢，似乎要走向無可避免的悲劇。）

2. **infamous** *adj.* 惡名昭彰的；不名譽的
   （ = *degenerate* = *disgraceful* = *ignominious* ）
   The *infamous* traitor was sentenced to death.
   （那罪大惡極的叛徒被判處死刑。）

3. **insolent** *adj.* 傲慢無禮的；侮慢的
   （ = *rude* = *insulting* = *impudent* ）
   He was *insolent* in his manner.（他的態度傲慢無禮。）

77. *insinuate*

insight	〔'ɪn,saɪt〕	*n.*	洞察力
insightful	〔'ɪn,saɪtfəl〕	*adj.*	具洞察力的
insinuate	〔ɪn'sɪnjʊ,et〕	*v.*	暗指
coordinate	〔ko'ɔrdn̩,et〕	*v.*	使協調
subordinate	〔sə'bɔrdn̩,et〕	*v.*	使服從
insubordinate	〔,ɪnsə'bɔrdn̩,et〕	*adj.*	不順從的
surge	〔sɝdʒ〕	*v.*	澎湃
insurgent	〔ɪn'sɝdʒənt〕	*n.*	叛亂者
insurgency	〔ɪn'sɝdʒənsɪ〕	*n.*	起義

【SAT 同義關鍵字】

1. **insinuate** *v.* 暗指；暗示；含沙射影地說 *< to >*
   (= *hint* = *imply* = *suggest*)
   She *insinuated* to us that her partner had embezzled funds.
   (她向我們暗示她的合夥人盜用了資金。)

2. **insubordinate** *adj.* 不順從的
   (= *rebellious* = *disobedient* = *noncompliant*)
   Workers who are grossly *insubordinate* are threatened with
   discharge. (極為不服從的工人們以解雇被威脅。)

3. **insurgent** *n.* 叛亂者；起事者；造反者
   (= *rebel* = *revolutionist* = *freedom fighter*)
   The *insurgents* took control of the main military air base.
   (叛亂者拿下主要空軍基地的控制權。)

78. insurrection

insure	〔 ɪnˈʃʊr 〕	*v.*	爲⋯投保
insurance	〔 ɪnˈʃʊrəns 〕	*n.*	保險
insurrection	〔 ͵ɪnsəˈrɛkʃən 〕	*n.*	起義
track	〔 træk 〕	*n.*	痕跡
tractable	〔ˈtræktəbḷ 〕	*adj.*	溫順的
intractable	〔 ɪnˈtræktəbḷ 〕	*adj.*	棘手的
interior	〔 ɪnˈtɪrɪɚ 〕	*adj.*	內部的
intrinsic	〔 ɪnˈtrɪnsɪk 〕	*adj.*	本質的
introvert	〔ˈɪntrə͵vɝt 〕	*adj.*	內向的

【SAT 同義關鍵字】

1. **insurrection** *n.* 起義；暴動；造反
   (= *revolution* = *riot* = *rebellion*)
   They were plotting to stage an armed
   insurrection. (他們密謀上演武裝暴動。)

insurrection

2. **intractable** *adj.* 棘手的；難馴服的
   (= *uncontrollable* = *difficult* = *unmanageable*)
   The economy still faces *intractable* problems.
   (經濟仍面臨棘手的問題。)

3. **intrinsic** *adj.* 本質的；本身的；固有的；內在的
   (= *native* = *inborn* = *inherent*)
   A human being's *intrinsic* value is free will.
   (人類與生俱來的價值是自由意志。)

79. itinerant

item	〔 'aɪtəm 〕	*n.*	項目
itinerant	〔 aɪ'tɪnərənt 〕	*adj.*	巡迴的
itinerary	〔 aɪ'tɪnə,rɛrɪ 〕	*n.*	旅行計劃
vigor	〔 'vɪgə 〕	*n.*	活力
vigorous	〔 'vɪgərəs 〕	*adj.*	精力充沛的
invigorate	〔 ɪn'vɪgə,ret 〕	*v.*	使…有活力
revere	〔 rɪ'vɪr 〕	*v.*	尊敬
reverence	〔 'rɛvərəns 〕	*n.*	尊敬
irreverence	〔 ɪ'rɛvərəns 〕	*n.*	不恭敬

【SAT 同義關鍵字】

1. **itinerant** *adj.* 巡迴的；遊歷的；流動的
   (= *travelling* = *journeying* = *migratory*)
   The author's experiences as an ***itinerant*** musician are the
   subject of his new book.(作者作為一位巡迴音樂家的經驗是他新書的主題。)

2. **invigorate** *v.* 使…有活力；鼓舞
   (= *refresh* = *energize* = *revitalize*)
   Plants could beautify and perhaps even ***invigorate*** the working
   environment. (植物可以美化，或者甚至可活化工作環境。)

3. **irreverence** *n.* 不恭敬 (= *disrespect* = *impudence* = *flippancy*)
   His ***irreverence*** for authority marks him out as a troublemaker.
   (他的不敬權威，突顯出他是一個麻煩製造者。)

80. *jettison*

jet	〔 dʒɛt 〕	*n.*	噴射機
jetty	〔'dʒɛtɪ 〕	*n.*	防波堤
jettison	〔'dʒɛtəsn̩ 〕	*v.*	放棄
joke	〔 dʒok 〕	*n.*	笑話
joker	〔'dʒokɚ 〕	*n.*	小丑
jocular	〔'dʒɑkjulɚ 〕	*adj.*	滑稽的
laze	〔 lez 〕	*v.*	懶散度日
lazy	〔'lezɪ 〕	*adj.*	懶惰的
lassitude	〔'læsə͵tud 〕	*n.*	疲乏

【SAT 同義關鍵字】

1. **jettison** *v.* 放棄;投棄 (貨物)(= *discard* = *dispose* = *reject*)
   n. (船舶等在緊急情況時) 投棄的貨物
   We may have to ***jettison*** some parts of the business.
   (我們可能得要放棄一部份的業務。)

2. **jocular** *adj.* 滑稽的;愛開玩笑的;打趣的
   (= *humorous* = *joking* = *teasing*)
   He was in a less ***jocular*** mood than usual.
   (他不像往常一樣那麼愛開玩笑。)

3. **lassitude** *n.* 困乏;疲乏;厭倦
   (= *weariness* = *fatigue* = *exhaustion*)
   Symptoms of anaemia include general fatigue and ***lassitude***.
   (貧血的症狀包括全身疲勞和精神不振。)

81. lionize

lion	〔ˈlaɪən 〕	*n.*	獅子
lionize	〔ˈlaɪənˌaɪz 〕	*v.*	當作名人對待
lion-hearted	〔ˌlaɪənˈhɑrtɪd 〕	*adj.*	勇猛的
list	〔 lɪst 〕	*n.*	名單
listing	〔ˈlɪstɪŋ 〕	*n.*	一覽表
listless	〔ˈlɪstələs 〕	*adj.*	無精打采的
loan	〔 lon 〕	*n.*	貸款
loaf	〔 lof 〕	*n.*	一條（麵包）
lofty	〔ˈlɔftɪ 〕	*adj.*	高傲的

【SAT 同義關鍵字】

1. **lionize** *v.* 當作名人對待；捧（某人）為名人
   (= *idolize* = *celebrate* = *acclaim*)
   The press began to *lionize* him enthusiastically.
   （記者開始熱情地把他當作名人對待。）

2. **listless** *adj.* 無精打采的；倦怠的
   (= *spiritless* = *unenergetic* = *inattentive*)
   Heat makes some people *listless*. （炎熱使一些人無精打采。）

3. **lofty** *adj.* 高傲的；高尚的；高聳的
   (= *arrogant* = *proud* = *haughty*)
   I don't like your *lofty* manner. （我不喜歡你那高傲的態度。）

82. levity

left	〔 lɛft 〕	*adj.*	左側的
level	〔 'lɛvḷ 〕	*n.*	水平
levity	〔 'lɛvətɪ 〕	*n.*	輕率
lie	〔 laɪ 〕	*v.*	說謊
light	〔 laɪt 〕	*adj.*	光明的
lithe	〔 laɪð 〕	*adj.*	靈巧自如的
rid	〔 rɪd 〕	*v.*	清除
lurid	〔 'lurɪd 〕	*adj.*	可怖的
hybrid	〔 'haɪbrɪd 〕	*n.*	混合物

【SAT 同義關鍵字】

1. **levity** *n.* (言談舉止) 輕率；輕浮；不穩定
   (= *fickleness* = *flippancy* = *frivolity*)
   Let her never play with others' hearts, nor learn any *levity* or
   vanity. (讓她不要玩弄別人的心，也不要學到輕率或虛榮。)

2. **lithe** *adj.* 靈巧自如的；柔軟的；輕盈的
   (= *flexible* = *supple* = *agile*)
   His walk was *lithe* and graceful. (他的步履輕盈且優雅。)

3. **lurid** *adj.* 可怖的；可怕的；火紅的
   (= *startling* = *shocking* = *horrifying*)
   Some of these diseases, in addition to their horrific
   manifestations, also have *lurid* origin stories.
   (在這些疾病中，除了可怕的病徵外，有些也有可怖的起源故事。)

83. machination

machine	〔 məˈʃin 〕	*n.*	機器
machinate	〔ˈmækəˌnet 〕	*v.*	策劃（陰謀）
machination	〔ˌmækəˈneʃən 〕	*n. pl.*	陰謀
magnify	〔ˈmægnəˌfaɪ 〕	*v.*	放大
magnanimity	〔ˌmægnəˈnɪmətɪ 〕	*n.*	寬宏大量
magnanimous	〔 mægˈnænəməs 〕	*adj.*	寬宏大量的
factor	〔ˈfækɚ 〕	*n.*	因素
benefactor	〔ˈbɛnəˌfæktɚ 〕	*n.*	行善者
malefactor	〔ˈmæləˌfæktɚ 〕	*n.*	爲非作歹者

【SAT 同義關鍵字】

1. **machination** *n.* 陰謀；策劃 (= *conspiracy* = *scheme* = *intrigue*)
   None of his colleagues had a chance against his *machination*.
   （他的同事們中沒人有機會對抗他的陰謀。）

2. **magnanimous** *adj.* 寬宏大量的；表現高尙品德的
   (= *generous* = *charitable* = *beneficent*)
   You can even let others know how bountiful and *magnanimous*
   you are. （你甚至可以讓別人知道你是多麼的慷慨和寬宏大量。）

3. **malefactor** *n.* 爲非作歹者；犯罪者
   (= *criminal* = *culprit* = *delinquent*)
   It is said William was a leader of other *malefactors*.
   （據說威廉是其他爲非作歹者的首腦。）

84. maverick

marvel	(ˈmɑrvḷ)	v.	驚訝
marvelous	(ˈmɑrvḷəs)	adj.	令人驚嘆的
maverick	(ˈmævərɪk)	n.	特立獨行者
eager	(ˈigɚ)	adj.	熱切的
meager	(ˈmigɚ)	adj.	不足的
vinegar	(ˈvɪnɪgɚ)	n.	醋
commander	(kəˈmændɚ)	n.	指揮官
defender	(dɪˈfɛndɚ)	n.	防禦者
meander	(mɪˈændɚ)【注意發音】	v.	迂迴前進

【SAT 同義關鍵字】

1. **maverick** *n.* 特立獨行者；不服從的人；持不同意見的人
   (= *individualist* = *eccentric* = *rebel*)

   Being a **maverick** is not a crime.
   (當個特立獨行的人並不是一種罪。)

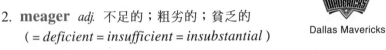

Dallas Mavericks

2. **meager** *adj.* 不足的；粗劣的；貧乏的
   (= *deficient* = *insufficient* = *insubstantial*)

   He could not support his family on his **meager** salary.
   (他靠微薄的工資無法養家。)

3. **meander** *v.* 蜿蜒而流；漫步 (= *wind* = *snake* = *zigzag*)
   The stream **meandered** through the valley.
   (小溪蜿蜒流過山谷。)

自我測驗 73～84

※ 請看下面中文，唸出英文來，你會唸得很痛快。

73. □ 使印象深刻 _____
　　　□ 印象 _____
　　　□ 難攻陷的 _____

　　　□ 衝動 _____
　　　□ 厚顏無恥的 _____
　　　□ 狂妄 _____

　　　□ 引用 _____
　　　□ 刺激 _____
　　　□ 激起 _____

74. □ 引起 _____
　　　□ 減少 _____
　　　□ 生產 _____

　　　□ 前後連貫 _____
　　　□ 有條理的 _____
　　　□ 無條理的 _____

　　　□ 不同的 _____
　　　□ 漠不關心的 _____
　　　□ 漠不關心 _____

75. □ 工業 _____
　　　□ 工業的 _____
　　　□ 勤勉的 _____

　　　□ 機警的 _____
　　　□ 翻轉 _____
　　　□ 遲緩的 _____

　　　□ 疲勞 _____
　　　□ 令人疲累的 _____
　　　□ 不倦的 _____

76. □ 無法避免的 _____
　　　□ 無價的 _____
　　　□ 無法改變的 _____

　　　□ 有名的 _____
　　　□ 惡名昭彰的 _____
　　　□ 巨大的 _____

　　　□ 才能 _____
　　　□ 暴力的 _____
　　　□ 傲慢無禮的 _____

77. □ 洞察力 _____
　　　□ 具洞察力的 _____
　　　□ 暗指 _____

　　　□ 使協調 _____
　　　□ 使服從 _____
　　　□ 不順從的 _____

　　　□ 澎湃 _____
　　　□ 叛亂者 _____
　　　□ 起義 _____

78. □ 為…投保 _____
　　　□ 保險 _____
　　　□ 起義 _____

　　　□ 痕跡 _____
　　　□ 溫順的 _____
　　　□ 棘手的 _____

　　　□ 內部的 _____
　　　□ 本質的 _____
　　　□ 內向的 _____

79. ☐ 項目 ＿＿＿＿＿＿＿
☐ 巡迴的 ＿＿＿＿＿＿＿
☐ 旅行計劃 ＿＿＿＿＿＿＿

☐ 活力 ＿＿＿＿＿＿＿
☐ 精力充沛的 ＿＿＿＿＿＿＿
☐ 使…有活力 ＿＿＿＿＿＿＿

☐ 尊敬 ＿＿＿＿＿＿＿
☐ 尊敬 ＿＿＿＿＿＿＿
☐ 不恭敬 ＿＿＿＿＿＿＿

80. ☐ 噴射機 ＿＿＿＿＿＿＿
☐ 防波堤 ＿＿＿＿＿＿＿
☐ 放棄 ＿＿＿＿＿＿＿

☐ 笑話 ＿＿＿＿＿＿＿
☐ 小丑 ＿＿＿＿＿＿＿
☐ 滑稽的 ＿＿＿＿＿＿＿

☐ 懶散度日 ＿＿＿＿＿＿＿
☐ 懶惰的 ＿＿＿＿＿＿＿
☐ 疲乏 ＿＿＿＿＿＿＿

81. ☐ 獅子 ＿＿＿＿＿＿＿
☐ 當作名人對待 ＿＿＿＿＿＿
☐ 勇猛的 ＿＿＿＿＿＿＿

☐ 名單 ＿＿＿＿＿＿＿
☐ 一覽表 ＿＿＿＿＿＿＿
☐ 無精打采的 ＿＿＿＿＿＿＿

☐ 貸款 ＿＿＿＿＿＿＿
☐ 一條（麵包）＿＿＿＿＿＿
☐ 高傲的 ＿＿＿＿＿＿＿

82. ☐ 左側的 ＿＿＿＿＿＿＿
☐ 水平 ＿＿＿＿＿＿＿
☐ 輕率 ＿＿＿＿＿＿＿

☐ 說謊 ＿＿＿＿＿＿＿
☐ 光明的 ＿＿＿＿＿＿＿
☐ 靈巧自如的 ＿＿＿＿＿＿＿

☐ 清除 ＿＿＿＿＿＿＿
☐ 可怖的 ＿＿＿＿＿＿＿
☐ 混合物 ＿＿＿＿＿＿＿

83. ☐ 機器 ＿＿＿＿＿＿＿
☐ 策劃（陰謀）＿＿＿＿＿＿
☐ 陰謀 ＿＿＿＿＿＿＿

☐ 放大 ＿＿＿＿＿＿＿
☐ 寬宏大量 ＿＿＿＿＿＿＿
☐ 寬宏大量的 ＿＿＿＿＿＿＿

☐ 因素 ＿＿＿＿＿＿＿
☐ 行善者 ＿＿＿＿＿＿＿
☐ 爲非作歹者 ＿＿＿＿＿＿＿

84. ☐ 驚訝 ＿＿＿＿＿＿＿
☐ 令人驚嘆的 ＿＿＿＿＿＿＿
☐ 特立獨行者 ＿＿＿＿＿＿＿

☐ 熱切的 ＿＿＿＿＿＿＿
☐ 不足的 ＿＿＿＿＿＿＿
☐ 醋 ＿＿＿＿＿＿＿

☐ 指揮官 ＿＿＿＿＿＿＿
☐ 防禦者 ＿＿＿＿＿＿＿
☐ 迂迴前進 ＿＿＿＿＿＿＿

※ 請看下面英文，唸出中文來，還有哪個字你不認識嗎 ?!

73. ☐ impress _____
　　☐ impression _____
　　☐ impregnable _____

　　☐ impulse _____
　　☐ impudent _____
　　☐ impudence _____

　　☐ cite _____
　　☐ excite _____
　　☐ incite _____

74. ☐ induce _____
　　☐ reduce _____
　　☐ produce _____

　　☐ cohere _____
　　☐ coherent _____
　　☐ incoherent _____

　　☐ different _____
　　☐ indifferent _____
　　☐ indifference _____

75. ☐ industry _____
　　☐ industrial _____
　　☐ industrious _____

　　☐ alert _____
　　☐ invert _____
　　☐ inert _____

　　☐ fatigue _____
　　☐ fatiguing _____
　　☐ indefatigable _____

76. ☐ inevitable _____
　　☐ invaluable _____
　　☐ inexorable _____

　　☐ famous _____
　　☐ infamous _____
　　☐ enormous _____

　　☐ talent _____
　　☐ violent _____
　　☐ insolent _____

77. ☐ insight _____
　　☐ insightful _____
　　☐ insinuate _____

　　☐ coordinate _____
　　☐ subordinate _____
　　☐ insubordinate _____

　　☐ surge _____
　　☐ insurgent _____
　　☐ insurgency _____

78. ☐ insure _____
　　☐ insurance _____
　　☐ insurrection _____

　　☐ track _____
　　☐ tractable _____
　　☐ intractable _____

　　☐ interior _____
　　☐ intrinsic _____
　　☐ introvert _____

79. ☐ item ＿＿＿＿＿＿
☐ itinerant ＿＿＿＿＿＿
☐ itinerary ＿＿＿＿＿＿

☐ vigor ＿＿＿＿＿＿
☐ vigorous ＿＿＿＿＿＿
☐ invigorate ＿＿＿＿＿＿

☐ revere ＿＿＿＿＿＿
☐ reverence ＿＿＿＿＿＿
☐ irreverence ＿＿＿＿＿＿

80. ☐ jet ＿＿＿＿＿＿
☐ jetty ＿＿＿＿＿＿
☐ jettison ＿＿＿＿＿＿

☐ joke ＿＿＿＿＿＿
☐ joker ＿＿＿＿＿＿
☐ jocular ＿＿＿＿＿＿

☐ laze ＿＿＿＿＿＿
☐ lazy ＿＿＿＿＿＿
☐ lassitude ＿＿＿＿＿＿

81. ☐ lion ＿＿＿＿＿＿
☐ lionize ＿＿＿＿＿＿
☐ lion-hearted ＿＿＿＿＿＿

☐ list ＿＿＿＿＿＿
☐ listing ＿＿＿＿＿＿
☐ listless ＿＿＿＿＿＿

☐ loan ＿＿＿＿＿＿
☐ loaf ＿＿＿＿＿＿
☐ lofty ＿＿＿＿＿＿

82. ☐ left ＿＿＿＿＿＿
☐ level ＿＿＿＿＿＿
☐ levity ＿＿＿＿＿＿

☐ lie ＿＿＿＿＿＿
☐ light ＿＿＿＿＿＿
☐ lithe ＿＿＿＿＿＿

☐ rid ＿＿＿＿＿＿
☐ lurid ＿＿＿＿＿＿
☐ hybrid ＿＿＿＿＿＿

83. ☐ machine ＿＿＿＿＿＿
☐ machinate ＿＿＿＿＿＿
☐ machination ＿＿＿＿＿＿

☐ magnify ＿＿＿＿＿＿
☐ magnanimity ＿＿＿＿＿＿
☐ magnanimous ＿＿＿＿＿＿

☐ factor ＿＿＿＿＿＿
☐ benefactor ＿＿＿＿＿＿
☐ malefactor ＿＿＿＿＿＿

84. ☐ marvel ＿＿＿＿＿＿
☐ marvelous ＿＿＿＿＿＿
☐ maverick ＿＿＿＿＿＿

☐ eager ＿＿＿＿＿＿
☐ meager ＿＿＿＿＿＿
☐ vinegar ＿＿＿＿＿＿

☐ commander ＿＿＿＿＿＿
☐ defender ＿＿＿＿＿＿
☐ meander ＿＿＿＿＿＿

85. mendacious

mend	〔 mɛnd 〕	*v.* 修繕
mendacity	〔 mɛn'dæsətɪ 〕	*n.* 謊言
mendacious	〔 mɛn'deʃəs 〕	*adj.* 捏造的
mercy	〔'mɝsɪ 〕	*n.* 慈悲
mercury	〔'mɝkjurɪ 〕	*n.* 水銀
mercurial	〔 mɝ'kjurɪəl 〕	*adj.* 易變的
ordinary	〔'ɔrdn̩ˌɛrɪ 〕	*adj.* 普通的
missionary	〔'mɪʃənˌɛrɪ 〕	*n.* 傳教士
mercenary	〔'mɝsn̩ˌɛrɪ 〕	*adj.* 圖利的

【SAT 同義關鍵字】

1. **mendacious** *adj.* 捏造的；虛偽的 (= *false* = *untrue* = *duplicitous*)
   It was a bold and characteristically *mendacious* accusation.
   (這是一個大膽的且是典型捏造出來的指控。)

2. **mercurial** *adj.* 易變的；水星；水銀的
   (= *changeable* = *unstable* = *fickle*)
   Fashions in men's formal clothes are not exactly *mercurial*.
   (男人正式服裝的流行趨勢是不太容易變的。)

3. **mercenary** *adj.* 圖利的；為金錢的；貪財的；僱傭的 (= *greedy* = *grasping* = *avaricious*)   *n.* (外國的) 僱傭兵
   His action was prompted by *mercenary* motives.
   (貪圖錢財的動機促使他採取行動。)

86. mirth

math	〔 mæθ 〕	*n.*	數學
myth	〔 mɪθ 〕	*n.*	神話
mirth	〔 mɝθ 〕	*n.*	歡笑
gate	〔 get 〕	*n.*	大門
navigate	〔'nævə,get 〕	*v.*	航行
mitigate	〔'mɪtə,get 〕	*v.*	使緩和
metamorphose	〔,mɛtə'mɔrfoz 〕	*v.*	使變形
metamorphic	〔,mɛtə'mɔrfɪk 〕	*adj.*	變形的
metamorphosis	〔,mɛtə'mɔrfəsɪs 〕	*n.*	變形

【SAT 同義關鍵字】

1. **mirth** *n.* 歡笑;高興 (= *joy* = *laughter* = *merriment*)
   His anger gave place to ***mirth***.
   (他的憤怒消失了,取而代之的是歡笑。)

2. **mitigate** *v.* 使緩和;減輕 (= *moderate* = *alleviate* = *relieve*)
   Cities worldwide are promoting environmentally "green"
   buildings to ***mitigate*** several urban problems.
   (世界各地的城市都在提倡環保的「綠色」建物,以減緩一些城市問題。)

3. **metamorphosis** *n.* 變形;(外形等的) 完全變化;質變
   (= *transformation* = *alteration* = *transfiguration*)
   She's undergone quite a ***metamorphosis*** since you last saw her.
   (自你上次見到她以來,她已完全變了一個樣子。)

87. meticulous

metal	('mɛtl̩)	n. 金屬
metaphor	('mɛtəfɔr)	n. 隱喻
meticulous	(mə`tɪkjuləs)	adj. 一絲不苟的
qualify	('kwɑlə,faɪ)	v. 使有資格
mollify	('mɑlə,faɪ)	v. 使平靜
simplify	('sɪmplə,faɪ)	v. 簡化
innocent	('ɪnəsn̩t)	adj. 清白的
munificent	(mju'nɪfəsn̩t)	adj. 慷慨的
magnificent	(mæg'nɪfəsn̩t)	adj. 宏偉的

【SAT 同義關鍵字】

1. **meticulous** *adj.* 一絲不苟的;嚴密的;過分精細的;
   小心翼翼的;拘泥小節的 (= *thorough* = *detailed* = *perfectionist*)
   He is *meticulous* in every aspect of his life.
   (他對於他的生活很嚴謹。)

2. **mollify** *v.* 使平靜;使安靜;緩和;減輕
   (= *smooth* = *pacify* = *conciliate*)
   The arts center has taken several steps to *mollify* critics.
   (藝術中心已採取了多項措施,以安撫批評者。)

3. **munificent** *adj.* 慷慨的;豐厚的;寬宏的
   (= *generous* = *bountiful* = *magnanimous*)
   If they are lucky enough, they get a *munificent* bonus.
   (如果他們夠幸運,他們會得到一筆豐厚的紅利。)

88. naive

novel	〔ˈnɑvl̩〕	n.	小說
novice	〔ˈnɑvɪs〕	n.	初學者
naive	〔nɑˈiv〕	adj.	天眞的
noise	〔nɔɪz〕	n.	噪音
noisy	〔ˈnɔɪzɪ〕	adj.	嘈雜的
noisome	〔ˈnɔɪsəm〕	adj.	發惡臭的
nerve	〔nɝv〕	n.	神經
nephew	〔ˈnɛfju〕	n.	姪兒
nefarious	〔nɪˈfɛrɪəs〕	adj.	窮兇極惡的

【SAT 同義關鍵字】

1. **naive** *adj.* 天眞的;幼稚的;輕信的
   (= *ingenuous* = *unworldly* = *unsophisticated*)
   Peter was laughed at for his ***naive*** remarks.
   (彼得因爲講了一些幼稚的話而被嘲笑。)

2. **noisome** *adj.* 發惡臭的;有害的 (= *smelly* = *stinky* = *ill-smelling*)
   Noisome vapours arise from the mud left on the docks.
   (惡臭的氣體產生自留在碼頭的泥漿。)

3. **nefarious** *adj.* 窮兇極惡的;惡毒的
   (= *sinful* = *vicious* = *monstrous*)
   You perceive that their ***nefarious*** plans threaten your
   livelihood. (你察覺到他們邪惡的計劃威脅到你的生活。)

89. nebulous

neighbor	〔'nebɚ〕	*n.*	鄰居
nebulous	〔'nɛbjuləs〕	*adj.*	模糊的
nervous	〔'nɝvəs〕	*adj.*	緊張的
mad	〔mæd〕	*adj.*	發瘋的
nomad	〔'nomæd〕	*n.*	流浪者
nomadic	〔no'mædɪk〕	*adj.*	游牧的
cure	〔kjur〕	*v.*	治療
secure	〔sɪ'kjur〕	*adj.*	安全的
obscure	〔əb'skjur〕	*adj.*	含糊不清的

【SAT 同義關鍵字】

1. **nebulous** *adj.* 模糊的；朦朧的；含糊的；星雲的
   (= *dim* = *shadowy* = *unclear* = *cloudy* = *vague* = *misty*)
   We glimpsed a ***nebulous*** figure through the mist.
   (我們透過薄霧瞥見一個模糊的身影。)

2. **nomadic** *adj.* 游牧的；流浪的
   (= *travelling* = *wandering* = *roaming*)
   There was a time when they were ***nomadic***
   hippies. (曾經有一段時間,他們是游牧的嬉皮。)

hippies

3. **obscure** *adj.* 含糊不清的；黑暗的
   (= *unclear* = *vague* = *abstruse* = *indefinite* = *undefined*)
   The meaning of the passage is ***obscure***.
   (這段文字意義晦澀不明。)

90. obsequious

obsolete	〔'ɑbsə͵lit 〕	*adj.*	作廢的
obscene	〔 əb'sin 〕	*adj.*	下流的
obsequious	〔 əb'sikwɪəs 〕	*adj.*	諂媚的
studious	〔'stjudɪəs 〕【注意發音】	*adj.*	好學的
tedious	〔'tidɪəs 〕	*adj.*	冗長乏味的
odious	〔'odɪəs 〕	*adj.*	令人作嘔的
factory	〔'fæktərɪ 〕	*n.*	工廠
olfactory	〔 ɔl'fæktərɪ 〕	*adj.*	嗅覺的
manufactory	〔͵mænju'fæktərɪ 〕	*n.*	製造廠

【SAT 同義關鍵字】

1. **obsequious** *adj.* 諂媚的;奉承的 < *to* >
   (= *flattering* = *servile* = *sycophantic*)
   She is positively **obsequious** to anyone with
   a title. (她積極地對任何一個有頭銜的人逢迎拍馬。)

obsequious behavior

2. **odious** *adj.* 令人作嘔的;可憎的;可惡的
   (= *hateful* = *offensive* = *displeasing*)
   His behavior was **odious** to her. (他的行為令她作嘔。)

3. **olfactory** *adj.* 嗅覺的 (= *olfactive*) *n.* 嗅覺器官
   It stimulates their **olfactory** nerve.
   (這觸動了他們的嗅覺神經。)

91. *orthodox*

ox	〔 ɑks 〕	*n.*	公牛
paradox	〔'pærə,dɑks 〕	*n.*	矛盾
orthodox	〔'ɔrθə,dɑks 〕	*adj.*	正統的
fortunate	〔'fɔrtʃənɪt 〕	*adj.*	幸運的
passionate	〔'pæʃənɪt 〕	*adj.*	熱情的
obstinate	〔'ɑbstənɪt 〕	*adj.*	頑固的
unique	〔 ju'nik 〕	*adj.*	唯一的
antique	〔 æn'tik 〕	*adj.*	古代的
opaque	〔 o'pek 〕	*adj.*	不透明的

【SAT 同義關鍵字】

1. **orthodox** *adj.* 正統的；傳統的；習俗的
   (= *traditional* = *customary* = *conventional*)
   The ***orthodox*** Thanksgiving dinner includes turkey and
   pumpkin pie. (傳統的感恩節晚餐包括火雞和南瓜派。)

2. **obstinate** *adj.* 頑固的；固執的
   (= *stubborn* = *obdurate* = *intractable* = *headstrong* = *stiff-necked*)
   She was as ***obstinate*** as a mule. (她固執得像頭驢子。)

3. **opaque** *adj.* 不透明的；不透光的；暗的；不清楚的
   (= *dull* = *dim* = *non-transparent*)
   The bathroom has an ***opaque*** glass window.
   (浴室裡有一扇不透明的玻璃窗。)

92. outspoken

outsider	〔͵aʊt'saɪdɚ 〕	*n.*	局外人
outspoken	〔͵aʊt'spokən 〕	*adj.*	坦率的
outstanding	〔͵aʊt'stændɪŋ 〕	*adj.*	傑出的
adorn	〔 ə'dɔrn 〕	*v.*	裝飾
ornate	〔 ɔr'net 〕	*adj.*	裝飾華麗的
ornament	〔'ɔrnəmənt 〕	*n.*	裝飾品
mode	〔 mod 〕	*n.*	方式
mold	〔 mold 〕	*n.*	模子
outmoded	〔͵aʊt'modɪd 〕	*adj.*	過時的

【SAT 同義關鍵字】

1. **outspoken** *adj.* 坦率的；直言不諱的
   (= *frank* = *candid* = *forthright*)
   Her generous and ***outspoken*** spirit will be remembered by
   many.（她大方和坦率的精神將被許多人記得。）

2. **ornate** *adj.* 裝飾華麗的；過分修飾的
   (= *flowery* = *fancy* = *overelaborate*)
   It was an ***ornate*** space with a decorated
   ceiling.（這是一個有裝飾過天花板的華麗空間。）

ornate ceiling

3. **outmoded** *adj.* 過時的；老式的
   (= *obsolete* = *outdated* = *unfashionable*)
   People in positions of power continue to promote ***outmoded***
   ideas.（當權者持續倡導過時的想法。）

93. painstaking

pain	〔 pen 〕	*n.*	疼痛
painful	〔ˈpenfəl 〕	*adj.*	疼痛的
painstaking	〔ˈpenzˌtekɪŋ 〕	*adj.*	辛勤的
paragraph	〔ˈpærəˌgræf 〕	*n.*	段落
parallel	〔ˈpærəˌlɛl 〕	*adj.*	平行的
paragon	〔ˈpærəˌgɑn 〕	*n.*	典型
comedy	〔ˈkɑmədɪ 〕	*n.*	喜劇
tragedy	〔ˈtrædʒədɪ 〕	*n.*	悲劇
parody	〔ˈpærədɪ 〕	*n.*	滑稽的模仿作品

【SAT 同義關鍵字】

1. **painstaking** *adj.* 辛勤的;不辭勞苦的 (= *diligent* = *industrious* = *conscientious*)　*n.* 辛勤
   He was always ***painstaking*** about his work.
   (他對於他的工作總是不辭辛勞。)

2. **paragon** *n.* 典範;盡善盡美的人
   (= *model* = *standard* = *paradigm* = *exemplar*)
   She was a ***paragon*** of neatness and efficiency.
   (她是整潔和效率的典範。)

3. **parody** *n.* 滑稽的模仿作品;拙劣的模仿 (= *burlesque* = *satire* = *caricature* = *travesty*)　*v.* 滑稽地模仿
   This music video is a ***parody*** of the legislative process.
   (這支音樂錄影帶是對立法程序的惡搞。)

94. *pacify*

pace	〔 pes 〕	*n.*	步調
pacify	〔'pæsə,faɪ 〕	*v.*	使平靜
pacific	〔 pə'sɪfɪk 〕	*adj.*	平靜的
romantic	〔 ro'mæntɪk 〕	*adj.*	浪漫的
gigantic	〔 dʒaɪ'gæntɪk 〕	*adj.*	巨大的
pedantic	〔 pɪ'dæntɪk 〕	*adj.*	賣弄學問的
peddle	〔'pɛdḷ 〕	*v.*	販賣
peddler	〔'pɛdḷɚ 〕	*n.*	小販
pedestrian	〔 pə'dɛstrɪən 〕	*adj.*	平庸的

【**SAT 同義關鍵字**】

1. **pacify** *v.* 使平靜；使安靜；撫慰
   (= *appease* = *mollify* = *tranquilize*)
   He tried to ***pacify*** the protesters with promises of reform.
   (他試圖以承諾改革使抗議者安靜。)

2. **pedantic** *adj.* 賣弄學問的；學究式的
   (= *pompous* = *bookish* = *didactic*)
   He is learned, but neither stuffy nor ***pedantic***.
   (他很博學，但既不妄自尊大也不賣弄學問。)

3. **pedestrian** *adj.* 平庸的；缺乏想像力的；(文章等) 平淡的；
   徒步的 (= *banal* = *mundane* = *mediocre*)　　*n.* 步行者；行人
   The circumstances and events of his life were anything but
   pedestrian. (他一生經歷的事情是很不尋常的。)

95. *paucity*

paw	〔 pɔ 〕	*n.*（動物）腳掌
pause	〔 pɔz 〕	*v.* 暫停
paucity	〔'pɔsətɪ 〕	*n.* 缺乏
receive	〔 brif 〕	*v.* 收到
deceive	〔'brifnɪs 〕	*v.* 欺騙
perceive	〔'brɛvətɪ 〕	*v.* 察覺
exquisite	〔'ɛkskwɪzɪt 〕	*adj.* 精美的
requisite	〔'rɛkwəzɪt 〕	*adj.* 必須的
perquisite	〔'pɝkwəzɪt 〕	*n.* 津貼

【SAT 同義關鍵字】

1. **paucity** *n.* 缺乏；少數；少量 (= *lack* = *shortage* = *insufficiency*)
   This essay has a noticeable *paucity* of historical context.
   （本文明顯缺乏歷史背景。）

2. **perceive** *v.* 察覺；感知；意識到；理解
   (= *recognize* = *comprehend* = *observe*)
   He gradually *perceived* that his parents had been right.
   （他逐漸意識到他父母是對的。）

3. **perquisite** *n.* 津貼；額外收入；特權
   (= *plus* = *bonus* = *fringe benefit*)
   Free long-distance calls were a *perquisite* of the job.
   （免費長途電話是工作津貼。）

96. persistence

persist	〔 pɚˋzɪst 〕	*v.*	固執
persistent	〔 pɚˋzɪstənt 〕	*adj.*	固執的
persistence	〔 pɚˋzɪstəns 〕	*n.*	堅持
offer	〔ˋɔfɚ〕	*v.*	提供
differ	〔ˋdɪfɚ〕	*v.*	有差異
pilfer	〔ˋpɪlfɚ〕	*v.*	盜竊
attitude	〔ˋætə͵tud〕	*n.*	態度
latitude	〔ˋlætə͵tud〕	*n.*	緯度
platitude	〔ˋplætə͵tud〕	*n.*	陳腔濫調

【**SAT 同義關鍵字**】

1. **persistence** *n.* 堅持;固執;持續
   (= *determination* = *perseverance* = *tenacity*)
   The old man's ***persistence*** annoyed me.
   (那個老人的固執使我惱火。)

2. **pilfer** *v.* 偷竊 (= *steal* = *thieve* = *filch*)
   He ***pilfered*** enough pieces of wood from the factory to make a
   chair. (他從工廠偷的木頭足夠做一張椅子。)

3. **platitude** *n.* 陳腔濫調;陳腐
   (= *cliché* = *banality* = *commonplace*)
   Politicians address the same old ***platitudes***.
   (政客老講同一套的陳腔濫調。)

自我測驗 85～96

※ 請看下面中文，唸出英文來，你會唸得很痛快。

85. ☐ 修繕 _____
☐ 謊言 _____
☐ 捏造的 _____

☐ 慈悲 _____
☐ 水銀 _____
☐ 易變的 _____

☐ 普通的 _____
☐ 傳教士 _____
☐ 圖利的 _____

86. ☐ 數學 _____
☐ 神話 _____
☐ 歡笑 _____

☐ 大門 _____
☐ 航行 _____
☐ 使緩和 _____

☐ 使變形 _____
☐ 變形的 _____
☐ 變形 _____

87. ☐ 金屬 _____
☐ 隱喻 _____
☐ 一絲不苟的 _____

☐ 使有資格 _____
☐ 使平靜 _____
☐ 簡化 _____

☐ 清白的 _____
☐ 慷慨的 _____
☐ 宏偉的 _____

88. ☐ 小說 _____
☐ 初學者 _____
☐ 天眞的 _____

☐ 噪音 _____
☐ 嘈雜的 _____
☐ 發惡臭的 _____

☐ 神經 _____
☐ 姪兒 _____
☐ 窮兇極惡的 _____

89. ☐ 鄰居 _____
☐ 模糊的 _____
☐ 緊張的 _____

☐ 發瘋的 _____
☐ 流浪者 _____
☐ 游牧的 _____

☐ 治療 _____
☐ 安全的 _____
☐ 含糊不清的 _____

90. ☐ 作廢的 _____
☐ 下流的 _____
☐ 諂媚的 _____

☐ 好學的 _____
☐ 冗長乏味的 _____
☐ 令人作嘔的 _____

☐ 工廠 _____
☐ 嗅覺的 _____
☐ 製造廠 _____

91. □ 公牛 _____
□ 矛盾 _____
□ 正統的 _____

□ 幸運的 _____
□ 熱情的 _____
□ 頑固的 _____

□ 唯一的 _____
□ 古代的 _____
□ 不透明的 _____

92. □ 局外人 _____
□ 坦率的 _____
□ 傑出的 _____

□ 裝飾 _____
□ 裝飾華麗的 _____
□ 裝飾品 _____

□ 方式 _____
□ 模子 _____
□ 過時的 _____

93. □ 疼痛 _____
□ 疼痛的 _____
□ 辛勤的 _____

□ 段落 _____
□ 平行的 _____
□ 典型 _____

□ 喜劇 _____
□ 悲劇 _____
□ 滑稽的模仿作品 _____

94. □ 步調 _____
□ 使平靜 _____
□ 平靜的 _____

□ 浪漫的 _____
□ 巨大的 _____
□ 賣弄學問的 _____

□ 販賣 _____
□ 小販 _____
□ 平庸的 _____

95. □ （動物）腳掌 _____
□ 暫停 _____
□ 缺乏 _____

□ 收到 _____
□ 欺騙 _____
□ 察覺 _____

□ 精美的 _____
□ 必須的 _____
□ 津貼 _____

96. □ 固執 _____
□ 固執的 _____
□ 堅持 _____

□ 提供 _____
□ 有差異 _____
□ 盜竊 _____

□ 態度 _____
□ 緯度 _____
□ 陳腔濫調 _____

※ 請看下面英文，唸出中文來，還有哪個字你不認識嗎 ?!

85. ☐ mend _____
☐ mendacity _____
☐ mendacious _____

☐ mercy _____
☐ mercury _____
☐ mercurial _____

☐ ordinary _____
☐ missionary _____
☐ mercenary _____

86. ☐ math _____
☐ myth _____
☐ mirth _____

☐ gate _____
☐ navigate _____
☐ mitigate _____

☐ metamorphose _____
☐ metamorphic _____
☐ metamorphosis _____

87. ☐ metal _____
☐ metaphor _____
☐ meticulous _____

☐ qualify _____
☐ mollify _____
☐ simplify _____

☐ innocent _____
☐ munificent _____
☐ magnificent _____

88. ☐ novel _____
☐ novice _____
☐ naive _____

☐ noise _____
☐ noisy _____
☐ noisome _____

☐ nerve _____
☐ nephew _____
☐ nefarious _____

89. ☐ neighbor _____
☐ nebulous _____
☐ nervous _____

☐ mad _____
☐ nomad _____
☐ nomadic _____

☐ cure _____
☐ secure _____
☐ obscure _____

90. ☐ obsolete _____
☐ obscene _____
☐ obsequious _____

☐ studious _____
☐ tedious _____
☐ odious _____

☐ factory _____
☐ olfactory _____
☐ manufactory _____

91. ☐ ox _____
☐ paradox _____
☐ orthodox _____

☐ fortunate _____
☐ passionate _____
☐ obstinate _____

☐ unique _____
☐ antique _____
☐ opaque _____

92. ☐ outsider _____
☐ outspoken _____
☐ outstanding _____

☐ adorn _____
☐ ornate _____
☐ ornament _____

☐ mode _____
☐ mold _____
☐ outmoded _____

93. ☐ pain _____
☐ painful _____
☐ painstaking _____

☐ paragraph _____
☐ parallel _____
☐ paragon _____

☐ comedy _____
☐ tragedy _____
☐ parody _____

94. ☐ pace _____
☐ pacify _____
☐ pacific _____

☐ romantic _____
☐ gigantic _____
☐ pedantic _____

☐ peddle _____
☐ peddler _____
☐ pedestrian _____

95. ☐ paw _____
☐ pause _____
☐ paucity _____

☐ receive _____
☐ deceive _____
☐ perceive _____

☐ exquisite _____
☐ requisite _____
☐ perquisite _____

96. ☐ persist _____
☐ persistent _____
☐ persistence _____

☐ offer _____
☐ differ _____
☐ pilfer _____

☐ attitude _____
☐ latitude _____
☐ platitude _____

97. pious

pine	〔 paɪn 〕	*n.*	松樹
pipe	〔 paɪp 〕	*n.*	管子
pious	〔 'paɪəs 〕	*adj.*	虔誠的
tend	〔 tɛnd 〕	*v.*	傾向
pretend	〔 prɪ'tɛnd 〕	*v.*	假裝
portend	〔 por'tɛnd 〕	*v.*	預示
content	〔 'kɑntɛnt 〕	*n.*	內容
potent	〔 'potṇt 〕	*adj.*	有能力的
potential	〔 pə'tɛnʃəl 〕	*n.*	潛力

【SAT 同義關鍵字】

1. **pious** *adj.* 虔誠的；篤信的；敬神的
   (= *religious* = *devoted* = *dedicated*)
   Her mother was a *pious* Christian. (她母親是個虔誠的基督教徒。)

2. **portend** *v.* 預示；預先警告；意味著 (= *bode* = *herald* = *foretell*)
   What do these strange events *portend*?
   (這些奇怪的事件意味著什麼？)

3. **potent** *adj.* 有能力的；有權勢的；有影響的
   (= *powerful* = *strong* = *mighty*)
   Queen Elizabeth is a *potent* ruler.
   (伊莉莎白女王是個有影響力的統治者。)

Queen Elizabeth II

98. ploy

plot	〔 plɑt 〕	*n.*	情節
plow	〔 plaʊ 〕	*n.*	犁
ploy	〔 plɔɪ 〕	*n.*	計劃策略
grammatic	〔 grə'mætɪk 〕	*adj.*	文法上的
problematic	〔 ˌprɑblə'mætɪk 〕	*adj.*	可疑的
pragmatic	〔 pæg'mætɪk 〕	*adj.*	務實的
monitor	〔 'mɑnətɚ 〕	*n.*	監視器
monition	〔 mo'nɪʃən 〕	*n.*	警告
premonition	〔 ˌprimə'nɪʃən 〕	*n.*	預感

【SAT 同義關鍵字】

1. **ploy** *n.* 計劃策略 (= *scheme* = *gambit* = *stratagem*)
   They said the plan was no more than a clever political ***ploy***.
   (他們說該計劃只不過是個聰明的政治陰謀。)

2. **pragmatic** *adj.* 務實的;實用主義的
   (= *practical* = *down-to-earth* = *utilitarian*)
   He's more like a social critic than a ***pragmatic*** businessman.
   (他比較像是個社會批評家而不是個務實的商人。)

3. **premonition** *n.* 預告;徵兆 (= *foreboding* = *intuition* = *hunch*)
   He had an unshakable ***premonition*** that he would die.
   (他有個強烈的預感,覺得自己會死。)

99. poignant

point	﹝ pɔɪnt ﹞	*n.* 點
poison	﹝ˈpɔɪzn̩ ﹞	*n.* 毒藥
poignant	﹝ˈpɔɪnənt ﹞	*adj.* 深切的
mediate	﹝ˈmɪdɪˌet ﹞	*v.* 調停
meditate	﹝ˈmɛdəˌtet ﹞	*v.* 沉思
premeditate	﹝ prɪˈmɛdəˌtet ﹞	*v.* 預謀
eminent	﹝ˈɛmənənt ﹞	*adj.* 著名的
preeminent	﹝ prɪˈɛmənənt ﹞	*adj.* 超群的
prominent	﹝ˈprɑmənənt ﹞	*adj.* 顯著的

【SAT 同義關鍵字】

1. **poignant** *adj.* 深刻的;強烈的;慘痛的;(氣味) 濃烈的;
   切中要害的 (= *touching* = *affecting* = *intense*)
   There was a look of ***poignant*** agony, of despair, in her face.
   (在她的臉上有一副深切痛苦絕望的表情。)

2. **premeditate** *v.* 預謀;策劃
   (= *ponder* = *speculate* = *contemplate*)
   This year two studies have found that chimpanzees have the
   ability to ***premeditate***. (今年兩項研究發現,黑猩猩有預謀的能力。)

3. **prominent** *adj.* 顯著的;突出的
   (= *noticeable* = *outstanding* = *eye-catching*)
   A single tree in a field is ***prominent***.
   (田野裡僅有的一棵樹很顯眼。)

100. pontificate

pond	〔 pɑnd 〕	*n.* 池塘
ponder	〔 'pɑndɚ 〕	*v.* 沉思
pontificate	〔 pɑn'tɪfɪkɪt 〕	*v.* 武斷地做判斷
well-found	〔 'wɛl'faʊnd 〕	*adj.* 設備完善的
confound	〔 kɑn'faʊnd 〕	*v.* 使困惑
profound	〔 pro'faʊnd 〕	*adj.* 深度的
terrific	〔 tə'rɪfɪk 〕	*adj.* 可怕的
specific	〔 spɪ'sɪfɪk 〕	*adj.* 明確的
prolific	〔 prə'lɪfɪk 〕	*adj.* 多產的

【SAT 同義關鍵字】

1. **pontificate** *v.* 武斷地做判斷；自以為是地發表意見
   (= *dogmatize* = *harangue* = *declaim*)
   Politicians like to *pontificate* about the standards.
   (政客喜歡武斷地對標準做出評斷。)

2. **profound** *adj.* 深度的；深奧的；淵博的
   (= *deep* = *extreme* = *radical*)
   Her parents' divorce had a *profound* effect on her life.
   (她父母的離異對她的生活有很深的影響。)

3. **prolific** *adj.* 多產的；豐富的；富饒的
   (= *fruitful* = *fertile* = *productive*)
   For a sportswriter, he is extremely *prolific* and quite
   intellectually curious.
   (作為一位體育新聞記者來說，他是非常多產和相當有求知慾的。)

101. *prescient*

precious	〔ˈprɛʃəs〕	*adj.* 珍貴的
precision	〔prɪˈsɪʒən〕	*n.* 精確
prescient	〔ˈprɛʃɪənt〕	*adj.* 有先見之明的
efficient	〔əˈfɪʃənt〕	*adj.* 有效率的
sufficient	〔səˈfɪʃənt〕	*adj.* 充足的
proficient	〔prəˈfɪʃənt〕	*adj.* 熟練的
icy	〔ˈaɪsɪ〕	*adj.* 冰的
policy	〔ˈpɑləsɪ〕	*n.* 政策
prophecy	〔ˈprɑfəsɪ〕	*n.* 預言

【SAT 同義關鍵字】

1. **prescient** *adj.* 有先見之明的；預知的
  (= *foresighted* = *prophetic* = *perceptive*)
  Penn's memos contained ***prescient*** advice.
  (潘的備忘錄包含先見之明的建議。)

memo

2. **proficient** *adj.* 熟練的；精通的 (= *skilled* = *expert* = *versed* = *adept* = *competent*)   *n.* 能手；專家
  He is ***proficient*** in management. (他精通管理工作。)

3. **prophecy** *n.* 預言；預言能力
  (= *prediction* = *foresight* = *foretelling*)
  The ***prophecy*** was fulfilled. (這一預言實現了。)

102. prevaricate

prevent	﹝ prɪˈvɛnt ﹞	*v.*	阻止
prevail	﹝ prɪˈvel ﹞	*v.*	盛行
prevaricate	﹝ prɪˈværəˌket ﹞	*v.*	支吾其詞
prose	﹝ poz ﹞	*n.*	散文
prosaic	﹝ proˈze·ɪk ﹞	*adj.*	乏味的
mosaic	﹝ moˈze·ɪk ﹞	*n.*	馬賽克
urgent	﹝ˈɝdʒənt ﹞	*adj.*	緊急的
indulgent	﹝ ɪnˈdʌldʒənt ﹞	*adj.*	寬容的
pungent	﹝ˈpʌndʒənt ﹞	*adj.*	辛辣的

【SAT 同義關鍵字】

1. **prevaricate** *v.* 支吾其詞;說謊 (= *hedge* = *dodge* = *equivocate*)
   British ministers continued to ***prevaricate*** on the issue.
   (英國部長們在這議題上一直支吾其詞。)

2. **prosaic** *adj.* 乏味的;散文體的 (= *dull* = *flat* = *boring*)
   No product is too ***prosaic*** to profit greatly by attractive
   packaging.
   (任何商品靠迷人的包裝就不會單調乏味,因而總能獲利不少。)

3. **pungent** *adj.* (味道) 辛辣的;強烈的;敏銳的;一針見血的
   (= *sharp* = *acute* = *acrimonious* = *stringent* = *keen*)
   He enjoyed the play's shrewd and ***pungent*** social analysis.
   (他喜歡劇中精明且一針見血的社會分析。)

103. provoke

provoke	〔 prə'vok 〕	*v.*	激怒
revoke	〔 rɪ'vok 〕	*v.*	取消
evoke	〔 ɪ'vok 〕	*v.*	喚起
urge	〔 ɝdʒ 〕	*v.*	驅策
verge	〔 vɝdʒ 〕	*n.*	邊緣
purge	〔 pɝdʒ 〕	*n.*	整肅
quick	〔 kwɪk 〕	*adj.*	迅速的
quit	〔 kwɪt 〕	*v.*	停止
quip	〔 kwɪp 〕	*n.*	俏皮話

【SAT 同義關鍵字】

1. **provoke** *v.* 激怒；煽動；誘導 (= *anger* = *annoy* = *irritate*)
   If you ***provoke*** the dog, it may bite you.
   （你如果激怒了這條狗，牠可能會咬你。）

2. **purge** *n.* 整肅；淨化；清除；瀉藥 (= *elimination*
   = *eradication* = *clean-up*)   *v.* 使潔淨；使淨化；通便
   The new president carried out a ***purge*** of disloyal army
   officers. （新總統對不忠的軍官進行整肅。）

3. **quip** *n.* 俏皮話；妙語 (= *joke* = *witticism* = *riposte*)
   Absence of evidence is not evidence of absence, which is a
   favorite ***quip*** of scientists.
   （缺乏證據並不能證明沒有，這是科學家們最愛的俏皮話。）

104. rampant

ram	〔 ræm 〕	*v.*	猛烈撞擊
ramp	〔 ræmp 〕	*n.*	坡道
rampant	〔ˈræmpənt 〕	*adj.*	失控的
ray	〔 reɪ 〕	*n.*	光
raze	〔 reɪz 〕	*v.*	夷爲平地
razor	〔 reɪzɚ 〕	*n.*	刮鬍刀
rebate	〔 rɪˈbet 〕	*v.*	打折
rebuff	〔 rɪˈbʌf 〕	*v.*	拒絕
rebuke	〔 rɪˈbjuk 〕	*v.*	指責

【SAT 同義關鍵字】

1. **rampant** *adj.* 失控的；蔓延的；猖獗的
   (= *raging* = *widespread* = *uncontrolled*)
   Many urban teens don't remember a time without ***rampant***
   consumerism. （許多都會青少年都記得那段失控消費主義的時光。）

2. **raze** *v.* 夷爲平地；拆毀 (= *demolish* = *flatten* = *level*)
   Many villages were ***razed*** to the ground.
   （很多村子被夷爲平地。）

3. **rebuke** *v.* 指責；非難；訓斥；阻礙
   (= *blame* = *scold* = *censure*) *n.* 指責
   She often ***rebuked*** him for carelessness.
   （她常常指責他粗心大意。）

a razed village

105. recalcitrant

recap	〔'rikæp 〕	v. 簡要說明
recapture	〔 ri'kæptʃɚ 〕	v. 奪回
recalcitrant	〔 rɪ'kælsɪtrənt 〕	adj. 頑強抵抗的
doubt	〔 daʊt 〕	v. 懷疑
doubtful	〔'daʊtfəl 〕	adj. 不確定的
redoubtable	〔 rɪ'daʊtəbḷ 〕	adj. 可畏的
refresh	〔 rɪ'frɛʃ 〕	v. 使恢復精神
refract	〔 rɪ'frækt 〕	v. 折射
refrain	〔 rɪ'fren 〕	v. 抑制

【SAT 同義關鍵字】

1. **recalcitrant** *adj.* 頑強抵抗的；不聽話的 (= *unruly* = *disobedient* = *intractable*) *n.* 倔強的人；不馴的動物

   In the management of *recalcitrant* tribesmen, brutality has not entirely gone out of fashion.
   （管理頑抗部落的成員時，殘暴並非完全不合時宜。）

2. **redoubtable** *adj.* 可畏的；令人敬畏的
   (= *fearful* = *frightening* = *formidable*)
   He is a *redoubtable* fighter. (他是個令人敬畏的戰士。)

3. **refrain** *v.* 抑制；節制；戒除 < *from* >
   (= *avoid* = *forbear* = *abstain from*)
   Please turn off your cell phones, and *refrain* from text messaging during the meeting.
   （請關掉你的手機，並避免在會議中傳訊。）

Please
Turn off Your
Mobile Phones

106. remnant

remains	﹝ rɪˋmeɪns ﹞	*n. pl.* 遺跡
remedy	﹝ˋrɛmədɪ ﹞	*n.* 療法
remnant	﹝ˋrɛmnənt ﹞	*n.* 殘餘
angelic	﹝ ænˋdʒɛlɪk ﹞	*adj.* 天使般的
public	﹝ˋpʌblɪk ﹞	*adj.* 公衆的
relic	﹝ˋrɛlɪk ﹞	*n.* 遺跡
juvenile	﹝ˋdʒuvən!﹞	*adj.* 少年犯的
rejuvenate	﹝ rɪˋdʒuvə͵net ﹞	*v.* 恢復活力
rejuvenescence	﹝ rɪ͵dʒuvəˋnɛsn̩s ﹞	*n.*（細胞）再生

【SAT 同義關鍵字】

1. **remnant** *n.* 殘餘；剩餘；遺跡；遺風（ = *remains* = *leftovers* = *residue* = *remainder*） *adj.* 殘餘的；剩餘的；殘留的

   Even today ***remnants*** of this practice remain.
   （直至今日這一習俗仍然殘存。）

2. **relic** *n.* 遺跡；遺物；遺風（ = *remnant* = *memento* = *remembrance*）

   The museum has an excellent collection of the Roman ***relics***.
   （該博物館有一套很出色的古羅馬遺跡收藏。）

3. **rejuvenate** *v.* 恢復活力；變年輕
   （ = *revitalize* = *regenerate* = *reinvigorate*）

   He was advised that the Italian climate would ***rejuvenate*** him.
   （有人建議他，義大利的氣候會讓他恢復活力。）

107. remorse

remote	〔 rɪˈmot 〕	*adj.*	遙遠的
remould	〔 rɪˈmold 〕	*v.*	改造
remorse	〔 rɪˈmɔrs 〕	*v.*	懊悔
noun	〔 naʊn 〕	*n.*	名詞
announce	〔 əˈnaʊns 〕	*v.*	正式發表
renounce	〔 rɪˈnaʊns 〕	*v.*	聲明放棄
generation	〔͵dʒɛnəˈreʃən 〕	*n.*	世代
veneration	〔͵vɛnəˈreʃən 〕	*n.*	尊敬
remuneration	〔 rɪ͵mjunəˈreʃən 〕	*n.*	報酬

【SAT 同義關鍵字】

1. **remorse** *n.* 懊悔；自責 (= *regret* = *self-reproof* = *self-reproach*)
   He has shown no *remorse* for his actions.
   （他沒有為他的行動表現出悔意。）

2. **renounce** *v.* 聲明放棄；拋棄；宣布中止；退出；放棄權利
   （或財產等）(= *disclaim* = *waive* = *discard* = *relinquish*)
   He *renounced* his claim to the inheritance.
   （他聲明放棄遺產繼承權。）

3. **remuneration** *n.* 報酬；酬金；賠償金
   (= *payment* = *reward* = *compensation* = *recompense*)
   He received a generous *remuneration* for his services.
   （他收到一筆豐厚的服務酬金。）

108. replete

repeat	〔 rɪ'pit 〕	*v.*	重複
replete	〔 rɪ'plit 〕	*adj.*	充滿的
replace	〔 rɪ'ples 〕	*v.*	取代
porch	〔 portʃ 〕	*n.*	門廊
approach	〔 ə'portʃ 〕	*v.*	接近
reproach	〔 rɪ'portʃ 〕	*v.*	責備
comprehensible	〔ˌkɑmprɪ'hɛnsəbḷ 〕	*adj.*	易理解的
apprehensible	〔ˌæprɪ'hɛnsəbḷ 〕	*adj.*	可理解的
reprehensible	〔ˌrɛprɪ'hɛnsəbḷ 〕	*adj.*	應受譴責的

【SAT 同義關鍵字】

1. **replete** *adj.* 充滿…的；充斥…的；詳盡的
   (= *filled* = *stuffed* = *jammed*) < *with* >
   The harbor was *replete* with boats. (港口充滿了船隻。)

2. **reproach** *v.* 責備；斥責；使蒙羞 (= *blame* = *rebuke* = *condemn*)
   n. 責備；丟醜的人（或事）；恥辱
   Mother *reproached* me for being too clumsy.
   (母親責備我笨手笨腳。)

3. **reprehensible** *adj.* 應受譴責的
   (= *blameworthy* = *censurable* = *condemnable*)
   To ignore the sin of lying is *reprehensible*.
   (忽略說謊的罪應當受到譴責。)

自我測驗　97～108

※ 請看下面中文，唸出英文來，你會唸得很痛快。

97. ☐ 松樹 ＿＿＿＿＿＿
☐ 管子 ＿＿＿＿＿＿
☐ 虔誠的 ＿＿＿＿＿＿

☐ 傾向 ＿＿＿＿＿＿
☐ 假裝 ＿＿＿＿＿＿
☐ 預示 ＿＿＿＿＿＿

☐ 內容 ＿＿＿＿＿＿
☐ 有能力的 ＿＿＿＿＿＿
☐ 潛力 ＿＿＿＿＿＿

98. ☐ 情節 ＿＿＿＿＿＿
☐ 犁 ＿＿＿＿＿＿
☐ 計劃策略 ＿＿＿＿＿＿

☐ 文法上的 ＿＿＿＿＿＿
☐ 可疑的 ＿＿＿＿＿＿
☐ 務實的 ＿＿＿＿＿＿

☐ 監視器 ＿＿＿＿＿＿
☐ 警告 ＿＿＿＿＿＿
☐ 預感 ＿＿＿＿＿＿

99. ☐ 點 ＿＿＿＿＿＿
☐ 毒藥 ＿＿＿＿＿＿
☐ 深切的 ＿＿＿＿＿＿

☐ 調停 ＿＿＿＿＿＿
☐ 沉思 ＿＿＿＿＿＿
☐ 預謀 ＿＿＿＿＿＿

☐ 著名的 ＿＿＿＿＿＿
☐ 超群的 ＿＿＿＿＿＿
☐ 顯著的 ＿＿＿＿＿＿

100. ☐ 池塘 ＿＿＿＿＿＿
☐ 沉思 ＿＿＿＿＿＿
☐ 武斷地做判斷 ＿＿＿＿＿＿

☐ 設備完善的 ＿＿＿＿＿＿
☐ 使困惑 ＿＿＿＿＿＿
☐ 深度的 ＿＿＿＿＿＿

☐ 可怕的 ＿＿＿＿＿＿
☐ 明確的 ＿＿＿＿＿＿
☐ 多產的 ＿＿＿＿＿＿

101. ☐ 珍貴的 ＿＿＿＿＿＿
☐ 精確 ＿＿＿＿＿＿
☐ 有先見之明的 ＿＿＿＿＿＿

☐ 有效率的 ＿＿＿＿＿＿
☐ 充足的 ＿＿＿＿＿＿
☐ 熟練的 ＿＿＿＿＿＿

☐ 冰的 ＿＿＿＿＿＿
☐ 政策 ＿＿＿＿＿＿
☐ 預言 ＿＿＿＿＿＿

102. ☐ 阻止 ＿＿＿＿＿＿
☐ 盛行 ＿＿＿＿＿＿
☐ 支吾其詞 ＿＿＿＿＿＿

☐ 散文 ＿＿＿＿＿＿
☐ 乏味的 ＿＿＿＿＿＿
☐ 馬賽克 ＿＿＿＿＿＿

☐ 緊急的 ＿＿＿＿＿＿
☐ 寬容的 ＿＿＿＿＿＿
☐ 辛辣的 ＿＿＿＿＿＿

103. ☐ 激怒 ＿＿＿＿＿＿＿
☐ 取消 ＿＿＿＿＿＿＿
☐ 喚起 ＿＿＿＿＿＿＿

☐ 驅策 ＿＿＿＿＿＿＿
☐ 邊緣 ＿＿＿＿＿＿＿
☐ 整肅 ＿＿＿＿＿＿＿

☐ 迅速的 ＿＿＿＿＿＿
☐ 停止 ＿＿＿＿＿＿＿
☐ 俏皮話 ＿＿＿＿＿＿

104. ☐ 猛烈撞擊 ＿＿＿＿＿＿
☐ 坡道 ＿＿＿＿＿＿＿
☐ 失控的 ＿＿＿＿＿＿

☐ 光 ＿＿＿＿＿＿＿
☐ 夷爲平地 ＿＿＿＿＿
☐ 刮鬍刀 ＿＿＿＿＿＿

☐ 打折 ＿＿＿＿＿＿＿
☐ 拒絕 ＿＿＿＿＿＿＿
☐ 指責 ＿＿＿＿＿＿＿

105. ☐ 簡要說明 ＿＿＿＿＿＿
☐ 奪回 ＿＿＿＿＿＿＿
☐ 頑強抵抗的 ＿＿＿＿＿

☐ 懷疑 ＿＿＿＿＿＿＿
☐ 不確定的 ＿＿＿＿＿＿
☐ 可畏的 ＿＿＿＿＿＿

☐ 使恢復精神 ＿＿＿＿＿
☐ 折射 ＿＿＿＿＿＿＿
☐ 抑制 ＿＿＿＿＿＿＿

106. ☐ 遺跡 ＿＿＿＿＿＿＿
☐ 療法 ＿＿＿＿＿＿＿
☐ 殘餘 ＿＿＿＿＿＿＿

☐ 天使般的 ＿＿＿＿＿
☐ 公眾的 ＿＿＿＿＿＿
☐ 遺跡 ＿＿＿＿＿＿＿

☐ 少年犯的 ＿＿＿＿＿
☐ 恢復活力 ＿＿＿＿＿
☐ （細胞）再生 ＿＿＿＿

107. ☐ 遙遠的 ＿＿＿＿＿＿
☐ 改造 ＿＿＿＿＿＿＿
☐ 懊悔 ＿＿＿＿＿＿＿

☐ 名詞 ＿＿＿＿＿＿＿
☐ 正式發表 ＿＿＿＿＿＿
☐ 聲明放棄 ＿＿＿＿＿

☐ 世代 ＿＿＿＿＿＿＿
☐ 尊敬 ＿＿＿＿＿＿＿
☐ 報酬 ＿＿＿＿＿＿＿

108. ☐ 重複 ＿＿＿＿＿＿＿
☐ 充滿的 ＿＿＿＿＿＿
☐ 取代 ＿＿＿＿＿＿＿

☐ 門廊 ＿＿＿＿＿＿＿
☐ 接近 ＿＿＿＿＿＿＿
☐ 責備 ＿＿＿＿＿＿＿

☐ 易理解的 ＿＿＿＿＿
☐ 可理解的 ＿＿＿＿＿
☐ 應受譴責的 ＿＿＿＿

※ 請看下面英文，唸出中文來，還有哪個字你不認識嗎 ?!

97. □ pine _____
　　□ pipe _____
　　□ pious _____

　　□ tend _____
　　□ pretend _____
　　□ portend _____

　　□ content _____
　　□ potent _____
　　□ potential _____

98. □ plot _____
　　□ plow _____
　　□ ploy _____

　　□ grammatic _____
　　□ problematic _____
　　□ pragmatic _____

　　□ monitor _____
　　□ monition _____
　　□ premonition _____

99. □ point _____
　　□ poison _____
　　□ poignant _____

　　□ mediate _____
　　□ meditate _____
　　□ premeditate _____

　　□ eminent _____
　　□ preeminent _____
　　□ prominent _____

100. □ pond _____
　　□ ponder _____
　　□ pontificate _____

　　□ well-found _____
　　□ confound _____
　　□ profound _____

　　□ terrific _____
　　□ specific _____
　　□ prolific _____

101. □ precious _____
　　□ precision _____
　　□ prescient _____

　　□ efficient _____
　　□ sufficient _____
　　□ proficient _____

　　□ icy _____
　　□ policy _____
　　□ prophecy _____

102. □ prevent _____
　　□ prevail _____
　　□ prevaricate _____

　　□ prose _____
　　□ prosaic _____
　　□ mosaic _____

　　□ urgent _____
　　□ indulgent _____
　　□ pungent _____

103. ☐ provoke _____
☐ revoke _____
☐ evoke _____

☐ urge _____
☐ verge _____
☐ purge _____

☐ quick _____
☐ quit _____
☐ quip _____

104. ☐ ram _____
☐ ramp _____
☐ rampant _____

☐ ray _____
☐ raze _____
☐ razor _____

☐ rebate _____
☐ rebuff _____
☐ rebuke _____

105. ☐ recap _____
☐ recapture _____
☐ recalcitrant _____

☐ doubt _____
☐ doubtful _____
☐ redoubtable _____

☐ refresh _____
☐ refract _____
☐ refrain _____

106. ☐ remains _____
☐ remedy _____
☐ remnant _____

☐ angelic _____
☐ public _____
☐ relic _____

☐ juvenile _____
☐ rejuvenate _____
☐ rejuvenescence _____

107. ☐ remote _____
☐ remould _____
☐ remorse _____

☐ noun _____
☐ announce _____
☐ renounce _____

☐ generation _____
☐ veneration _____
☐ remuneration _____

108. ☐ repeat _____
☐ replete _____
☐ replace _____

☐ porch _____
☐ approach _____
☐ reproach _____

☐ comprehensible _____
☐ apprehensible _____
☐ reprehensible _____

109. reserved

reserve	〔 rɪ'zɝv 〕	*v.*	預定
reserved	〔 rɪ'zɝvd 〕	*adj.*	拘謹的
reservoir	〔'rɛzəˌvɔr 〕	*n.*	水庫
prove	〔 pruv 〕	*v.*	證明
improve	〔 ɪm'pruv 〕	*v.*	改善
reprove	〔 rɪ'pruv 〕	*v.*	責備
puke	〔 pjuk 〕	*v.*	嘔吐
repute	〔 rɪ'pjut 〕	*n.*	名聲
repudiate	〔 rɪ'pjudɪˌet 〕	*v.*	否認

【SAT 同義關鍵字】

1. **reserved** *adj.* 拘謹的；緘默的；有節制的；預訂的；儲備的
   (=*restrained* = *unsociable* = *unapproachable* = *uncommunicative*)
   He was an unemotional and *reserved* geek.
   (他是個冷靜內斂的怪才。)

2. **reprove** *v.* 責備；指責；非難 (= *rebuke* = *reprimand* = *reproach*)
   The teacher *reproved* the pupil for being late.
   (老師責備學生遲到。)

3. **repudiate** *v.* 否認；否定；駁斥；拒絕
   (= *deny* = *reject* = *renounce*)
   We wonder why he declined to *repudiate*
   violence. (我們好奇爲何他拒絕譴責暴力。)

110. resolute

resolve	〔 rɪˈzɑlv 〕	v. 決定
resolute	〔ˈrɛzəˌlut 〕	adj. 堅決的
resolution	〔ˌrɛzəˈluʃən 〕	n. 決心
ride	〔 raɪd 〕	v. 騎
rife	〔 raɪf 〕	adj. 充滿的
rifle	〔 raɪfḷ 〕	n. 步槍
reel	〔 ril 〕	v. 捲
role	〔 rol 〕	n. 角色
rile	〔 raɪl 〕	v. 激怒

【SAT 同義關鍵字】

1. **resolute** *adj.* 堅決的；果敢的；不屈不撓的
   (= *firm* = *decided* = *determined*)
   Her *resolute* refusal came as a surprise.
   (她的堅決拒絕令人感到意外。)

2. **rife** *adj.* 流行的；蔓延的；充滿⋯的
   (= *prevailing* = *widespread* = *prevailing*)
   Rumors were *rife* that they had met with a terrible disaster
   and that all were dead.
   (他們遭到大災難並全都死了的謠言到處盛行。)

3. **rile** *v.* 激怒；使煩躁 (= *annoy* = *anger* = *irritate*)
   Let's find out what's got them all *riled* up.
   (我們來查明是什麼把他們都激怒了。)

111. robust

robe	〔rob〕	*n.*	長袍
robot	〔'robət〕	*n.*	機器人
robust	〔ro'bʌst〕	*adj.*	強健的
saint	〔sent〕	*n.*	聖徒
sanction	〔'sæŋkʃən〕	*n.*	批准
sanctimonious	〔'sæŋktə,monɪəs〕	*adj.*	偽裝神聖的
tire	〔taɪr〕	*v.*	使疲倦
retire	〔rɪ'taɪr〕	*v.*	退休
satire	〔'sætaɪr〕	*n.*	諷刺（作品）

【SAT 同義關鍵字】

1. **robust** *adj.* 強健的；結實的；健全的
   (= *healthy* = *sturdy* = *mighty*)
   The once *robust* economy now lies in ruins.
   （這一度十分健全的經濟現已崩壞。）

2. **sanctimonious** *adj.* 偽裝神聖的；假裝虔誠的
   (= *insincere* = *hypocritical* = *pharisaical*)
   If he thinks he's sounding *sanctimonious*, he'll suddenly shut up in the middle of a conversation.
   （如果他認爲他的話聽起來道貌岸然，他會突然在談話中噤聲。）

3. **satire** *n.* 諷刺（作品）(= *burlesque* = *parody* = *caricature*)
   That book is a *satire* on the administration of justice.
   （那部作品是對司法的諷刺。）

112. savory

save	〔 sev 〕	*v.*	拯救
saving	〔'sevɪŋ 〕	*n.*	節省
savory	〔'sevərɪ 〕	*adj.*	美味可口的
scan	〔 skæn 〕	*v.*	掃瞄
scandal	〔'skændḷ 〕	*n.*	醜聞
scanty	〔'skæntɪ 〕	*adj.*	缺乏的
screw	〔 skru 〕	*n.*	螺絲
screwdriver	〔'skru͵draɪvɚ 〕	*n.*	螺絲起子
scrupulous	〔'skrupjələs 〕	*adj.*	謹慎的

【SAT 同義關鍵字】

1. **savory** *adj.* 令人愉快的；美味可口的；香辣的；可敬的；體面的
   (= *mouth-watering* = *tasty* = *appetizing*)

   Cafeteria cuisine can be forgettable but the people you dine with can make lunchtime a *savory* experience. (自助餐廳的菜雖讓人嚐過即忘，但一起用餐的人讓午餐時光是個令人愉快的經驗。)

2. **scanty** *adj.* 缺乏的；不足的；貧乏的
   (= *meager* = *inadequate* = *insufficient*)

   Crops are very *scanty* this year. (今年農作物歉收。)

3. **scrupulous** *adj.* 謹慎的；一絲不苟的
   (= *careful* = *meticulous* = *conscientious*)

   She is *scrupulous* about her work. (她謹慎對待她的工作。)

113. scrutinize

school	﹝ skul ﹞	*n.*	學校
scrutiny	﹝ˈskrutnɪ ﹞	*n.*	詳細檢查
scrutinize	﹝ˈskrutnˌaɪz ﹞	*v.*	檢視
sedulous	﹝ˈsɛdʒələs ﹞	*adj.*	勤勉的
credulous	﹝ˈkrɛdʒələs ﹞	*adj.*	輕信的
incredulous	﹝ ɪnˈkrɛdʒələs ﹞	*adj.*	懷疑的
slay	﹝ sle ﹞	*v.*	殺害
slander	﹝ˈslændɚ ﹞	*n.*	誹謗
slender	﹝ˈslɛndɚ ﹞	*adj.*	苗條的

【SAT 同義關鍵字】

1. **scrutinize** *v.* 檢視;詳細檢查
   (= *examine* = *inspect* = *investigate*)
   It's their money and they have the right to ***scrutinize*** what they pay for. (這是他們的錢,他們有權檢視他們的支出。)

2. **sedulous** *adj.* 勤勉的;不倦的
   (= *assiduous* = *diligent* = *persevering*)
   Bob does very well in school because he is a very ***sedulous*** student. (鮑伯在學校的表現很好,因為他是個非常勤勉的學生。)

3. **slander** *n.* 誹謗;詆毀;造謠中傷
   (= *defamation* = *disparagement* = *misrepresentation*)
   The article is a ***slander*** on us. (這篇文章是對我們的誹謗。)

114. spate

space	〔 spes 〕	*n.*	空間
spade	〔 sped 〕	*n.*	鏟子
spate	〔 spet 〕	*n.*	突然迸發
span	〔 spæn 〕	*n.*	期間
spare	〔 spɛr 〕	*v.*	節省使用
sparse	〔 spɑrs 〕	*adj.*	稀疏的
spark	〔 spɑrk 〕	*n.*	火花
sparkle	〔'spɑrkḷ 〕	*n. v.*	閃耀
spartan	〔'spɑrtṇ 〕	*adj.*	簡樸刻苦的

【SAT 同義關鍵字】

1. **spate** *n.* 突然迸發；洪水；大雨（ = *outburst* = *outpouring* ）
   His report sparked a *spate* of controversy among biblical scholars and archaeologists.
   （他的報告引發了一連串聖經學者和考古學家之間的爭議。）

2. **sparse** *adj.* 稀疏的；稀少的（ = *scattered* = *scarce* = *scanty* ）
   The population was *sparse* in the desert. （沙漠裡人口稀疏。）

3. **spartan** *adj.* 簡樸刻苦的；斯巴達式的（ = *austere* = *frugal* = *rigorous* ）   *n.* 斯巴達人；剛勇的人
   Their *spartan* lifestyle prohibits any electronic device.
   （他們簡樸刻苦的生活方式禁用任何電子設備。）

115. specious

speech	〔 spitʃ 〕	*n.* 演講
species	〔'spiʃɪs 〕	*n.* 物種
specious	〔'spiʃəs 〕	*adj.* 似是而非的
splendid	〔'splɛndɪd 〕	*adj.* 壯麗的
splendor	〔'splɛndɚ 〕	*n.* 光輝
splenetic	〔 splɪ'nɛtɪk 〕	*adj.* 容易發怒的
sport	〔 sport 〕	*n.* 運動
sportsman	〔'sportsmən 〕	*n.* 運動家
sporadic	〔 spə'rædɪk 〕	*adj.* 偶發的

【SAT 同義關鍵字】

1. **specious** *adj.* 似是而非的;華而不實的
   (= *false* = *misleading* = *plausible*)
   The Duke was not convinced by such *specious* arguments.
   (公爵並沒有被這些似是而非的論述說服。)

2. **splenetic** *adj.* 容易發怒的;壞心眼的;脾臟的 (= *irritable*
   = *spiteful* = *bad-tempered*)　*n.* 易怒的人
   He sounded like a *splenetic* child.
   (他聽起來似乎是個容易發脾氣的小孩。)

3. **sporadic** *adj.* 偶發的;分散的
   (= *periodic* = *occasional* = *intermittent*)
   The pre-dawn ocean was unpeaceful and downpours of rain
   were *sporadic*. (黎明前的海洋是不平靜的,且有偶發的豪雨。)

116. spurious

spur	〔 spɝ 〕	*v.* 刺激
spurt	〔 spɝt 〕	*v.* 噴射
spurious	〔 'spjʊrɪəs 〕	*adj.* 假的
stalk	〔 stɔlk 〕	*v.* 偷偷靠近
stall	〔 stɔl 〕	*n.* (牲畜的) 欄
stalwart	〔 'stɔlwɚt 〕	*adj.* 健壯的
steak	〔 stek 〕	*n.* 牛排
steady	〔 'stɛdɪ 〕	*adj.* 穩定的
steadfast	〔 'stɛd,fæst 〕	*adj.* 堅定的

【SAT 同義關鍵字】

1. **spurious** *adj.* 假的；偽造的；欺騙性的
   (= *false* = *artificial* = *forged*)
   The quote may be *spurious*, but it contains a grain of truth.
   (雖然這段引述可能是假造的，但它有一點道理在。)

2. **stalwart** *adj.* 健壯的；堅定的；勇敢的
   (= *strong* = *sturdy* = *robust*)
   I was never in any danger with my *stalwart* bodyguard around
   me. (在我強壯的保鏢身邊，我從來沒有任何危險。)

3. **steadfast** *adj.* 堅定的；不動搖的；不變的
   (= *firm* = *faithful* = *unwavering*)
   He remained *steadfast* in his belief.
   (他依然對他的信念堅定不移。)

117. stealth

steel	〔 stil 〕	*n.*	鐵
steal	〔 stil 〕	*v.*	偷
stealth	〔 stɛθ 〕	*n.*	秘密行動
strap	〔 stræp 〕	*n.*	皮帶
strategy	〔'strætədʒɪ 〕	*n.*	策略
stratagem	〔'strætədʒəm 〕	*n.*	戰略
refuge	〔'rɛfjudʒ 〕	*n.*	避難所
refugee	〔,rɛfju'dʒi 〕	*n.*	避難者
subterfuge	〔'sʌbtɚ,fjudʒ 〕	*n.*	詭計

【SAT 同義關鍵字】

1. **stealth** *n.* 祕密行動；鬼鬼祟祟
   (= *secrecy* = *furtiveness* = *sneakiness*)
   They achieved their original dominance by *stealth*.
   (他們暗中取得原先的優勢。)

2. **stratagem** *n.* 戰略；計謀；詭計 (= *scheme* = *ploy* = *strategy*)
   They used every *stratagem* to acquire the company.
   (他們想方設法取得這家公司。)

3. **subterfuge** *n.* 詭計；花招；藉口；託辭
   (= *artifice* = *duplicity* = *machination*)
   Most people can see right through that type of *subterfuge*.
   (大多數人都可以看穿這種類型的詭計。)

118. *stymie*

style	〔 staɪl 〕	*n.* 風格
stylish	〔 ˈstaɪlɪʃ 〕	*adj.* 時髦的
stymie	〔 ˈstaɪmɪ 〕	*v.* 阻礙
version	〔 ˈvɝʒən 〕	*v.* 版本
conversion	〔 kənˈvɝʃən 〕	*n.* 轉換
subversion	〔 səbˈvɝʃən 〕	*n.* 顛覆
success	〔 səkˈsɛs 〕	*n.* 成功
successor	〔 səkˈsɛsɚ 〕	*n.* 後繼者
succinct	〔 səkˈsɪŋkt 〕	*adj.* 簡潔的

【SAT 同義關鍵字】

1. **stymie** *v.* 阻礙；使陷困境；妨礙 (= *block* = *hinder* = *obstruct* = *frustrate* = *foil*)　*n.* 困境；(高爾夫) 妨礙球
   Relief efforts have been ***stymied*** in recent weeks by armed gunmen. (最近幾個星期的救援工作一直被武裝的槍手阻礙。)

2. **subversion** *n.* 顛覆；推翻；革命
   (= *revolution* = *overthrow* = *insurrection*)
   He was arrested on charges of ***subversion***. (他因叛亂罪被逮捕。)

3. **succinct** *adj.* 簡潔的；簡練的 (= *brief* = *concise* = *terse*)
   Make sure your work is accurate, ***succinct*** and to the point.
   (請確保你的作品是準確的、簡潔的、且扼要的。)

119. sullen

sudden	〔ˈsʌdn̩〕	*adj.* 突然的
suffer	〔ˈsʌfɚ〕	*v.* 受苦
sullen	〔ˈsʌlən〕	*adj.* 不高興的
super	〔ˈsupɚ〕	*adj.* 極好的
superficial	〔͵supɚˈfɪʃəl〕	*adj.* 表面的
supercilious	〔͵supɚˈsɪlɪəs〕	*adj.* 高傲的
surf	〔sɝf〕	*v.* 衝浪
surface	〔ˈsɝfɪs〕	*n.* 表面
surfeit	〔ˈsɝfɪt〕	*n.* 過量

【SAT 同義關鍵字】

1. **sullen** *adj.* 不高興的;繃著臉的;陰沉的
   (= *gloomy* = *moody* = *sulky*)
   Susan was ***sullen*** in the morning because she hadn't slept
   well. (蘇珊今天早上悶悶不樂,因為昨晚沒睡好。)

2. **supercilious** *adj.* 高傲的;輕蔑的
   (= *proud* = *prideful* = *contemptuous* = *arrogant*)
   Many planners have a ***supercilious*** view of intellectuals.
   (許多規劃者具有知識份子高傲的觀點。)

3. **surfeit** *n.* 過量;(飲食過度引起的) 不適
   (= *excess* = *overabundance* = *superabundance* = *glut*)
   The ***surfeit*** of modern information has made the need for
   clarity and concision more acute.
   (現代資訊的過量使得明確和簡潔的需求更為急切。)

120. surreptitious

surreal	〔 sə'riəl 〕	*adj.* 超現實的
surrender	〔 sə'rɛndə 〕	*v.* 投降
surreptitious	〔ˌsɝəp'tɪʃəs 〕	*adj.* 祕密的
swallow	〔'swɑlo 〕	*v.* 嚥下
swamp	〔 swɑmp 〕	*v.* 使淹沒
swagger	〔'swægə 〕	*v.* 昂首闊步
swift	〔 swɪft 〕	*adj.* 迅速的
swine	〔 swaɪn 〕	*n.* 豬
swindle	〔'swɪndḷ 〕	*v.* 詐騙

【SAT 同義關鍵字】

1. **surreptitious** *adj.* 祕密的;鬼祟的;偷偷摸摸的
   (= *secret* = *stealthy* = *underground*)
   They had several *surreptitious* conversations.
   (他們有幾場秘密會談。)

2. **swagger** *v.* 昂首闊步;神氣活現;說大話 (= *parade* = *strut*
   = *stride*)　　*n.* 昂首闊步;神氣活現的樣子
   He *swaggered* down the street after winning the fight.
   (他打架打贏後,趾高氣揚地沿街走去。)

3. **swindle** *v.* 詐騙;騙取 (= *cheat* = *defraud* = *fleece*)
   n. 詐騙行為
   She *swindles* him out of his life savings. (她騙取了他一生的積蓄。)

自我測驗　109～120

※ 請看下面中文，唸出英文來，你會唸得很痛快。

109. ☐ 預定 _____
☐ 拘謹的 _____
☐ 水庫 _____

☐ 證明 _____
☐ 改善 _____
☐ 責備 _____

☐ 嘔吐 _____
☐ 名聲 _____
☐ 否認 _____

110. ☐ 決定 _____
☐ 堅決的 _____
☐ 決心 _____

☐ 騎 _____
☐ 充滿的 _____
☐ 步槍 _____

☐ 捲 _____
☐ 角色 _____
☐ 激怒 _____

111. ☐ 長袍 _____
☐ 機器人 _____
☐ 強健的 _____

☐ 聖徒 _____
☐ 批准 _____
☐ 偽裝神聖的 _____

☐ 使疲倦 _____
☐ 退休 _____
☐ 諷刺（作品）_____

112. ☐ 拯救 _____
☐ 節省 _____
☐ 美味可口的 _____

☐ 掃瞄 _____
☐ 醜聞 _____
☐ 缺乏的 _____

☐ 螺絲 _____
☐ 螺絲起子 _____
☐ 謹慎的 _____

113. ☐ 學校 _____
☐ 詳細檢查 _____
☐ 檢視 _____

☐ 勤勉的 _____
☐ 輕信的 _____
☐ 懷疑的 _____

☐ 殺害 _____
☐ 誹謗 _____
☐ 苗條的 _____

114. ☐ 空間 _____
☐ 鏟子 _____
☐ 突然迸發 _____

☐ 期間 _____
☐ 節省使用 _____
☐ 稀疏的 _____

☐ 火花 _____
☐ 閃耀 _____
☐ 簡樸刻苦的 _____

115. ☐ 演講 _____
☐ 物種 _____
☐ 似是而非的 _____

☐ 壯麗的 _____
☐ 光輝 _____
☐ 容易發怒的 _____

☐ 運動 _____
☐ 運動家 _____
☐ 偶發的 _____

116. ☐ 刺激 _____
☐ 噴射 _____
☐ 假的 _____

☐ 偷偷靠近 _____
☐ （牲畜的）欄 _____
☐ 健壯的 _____

☐ 牛排 _____
☐ 穩定的 _____
☐ 堅定的 _____

117. ☐ 鐵 _____
☐ 偷 _____
☐ 秘密行動 _____

☐ 皮帶 _____
☐ 策略 _____
☐ 戰略 _____

☐ 避難所 _____
☐ 避難者 _____
☐ 詭計 _____

118. ☐ 風格 _____
☐ 時髦的 _____
☐ 阻礙 _____

☐ 版本 _____
☐ 轉換 _____
☐ 顛覆 _____

☐ 成功 _____
☐ 後繼者 _____
☐ 簡潔的 _____

119. ☐ 突然的 _____
☐ 受苦 _____
☐ 不高興的 _____

☐ 極好的 _____
☐ 表面的 _____
☐ 高傲的 _____

☐ 衝浪 _____
☐ 表面 _____
☐ 過量 _____

120. ☐ 超現實的 _____
☐ 投降 _____
☐ 祕密的 _____

☐ 嚥下 _____
☐ 使淹沒 _____
☐ 昂首闊步 _____

☐ 迅速的 _____
☐ 豬 _____
☐ 詐騙 _____

※ 請看下面英文，唸出中文來，還有哪個字你不認識嗎 ?!

109. ☐ reserve _____
☐ reserved _____
☐ reservoir _____

☐ prove _____
☐ improve _____
☐ reprove _____

☐ puke _____
☐ repute _____
☐ repudiate _____

110. ☐ resolve _____
☐ resolute _____
☐ resolution _____

☐ ride _____
☐ rife _____
☐ rifle _____

☐ reel _____
☐ role _____
☐ rile _____

111. ☐ robe _____
☐ robot _____
☐ robust _____

☐ saint _____
☐ sanction _____
☐ sanctimonious _____

☐ tire _____
☐ retire _____
☐ satire _____

112. ☐ save _____
☐ saving _____
☐ savory _____

☐ scan _____
☐ scandal _____
☐ scanty _____

☐ screw _____
☐ screwdriver _____
☐ scrupulous _____

113. ☐ school _____
☐ scrutiny _____
☐ scrutinize _____

☐ sedulous _____
☐ credulous _____
☐ incredulous _____

☐ slay _____
☐ slander _____
☐ slender _____

114. ☐ space _____
☐ spade _____
☐ spate _____

☐ span _____
☐ spare _____
☐ sparse _____

☐ spark _____
☐ sparkle _____
☐ spartan _____

115. ☐ speech _____
☐ species _____
☐ specious _____

☐ splendid _____
☐ splendor _____
☐ splenetic _____

☐ sport _____
☐ sportsman _____
☐ sporadic _____

116. ☐ spur _____
☐ spurt _____
☐ spurious _____

☐ stalk _____
☐ stall _____
☐ stalwart _____

☐ steak _____
☐ steady _____
☐ steadfast _____

117. ☐ steel _____
☐ steal _____
☐ stealth _____

☐ strap _____
☐ strategy _____
☐ stratagem _____

☐ refuge _____
☐ refugee _____
☐ subterfuge _____

118. ☐ style _____
☐ stylish _____
☐ stymie _____

☐ version _____
☐ conversion _____
☐ subversion _____

☐ success _____
☐ successor _____
☐ succinct _____

119. ☐ sudden _____
☐ suffer _____
☐ sullen _____

☐ super _____
☐ superficial _____
☐ supercilious _____

☐ surf _____
☐ surface _____
☐ surfeit _____

120. ☐ surreal _____
☐ surrender _____
☐ surreptitious _____

☐ swallow _____
☐ swamp _____
☐ swagger _____

☐ swift _____
☐ swine _____
☐ swindle _____

121. taciturn

tact	〔 tækt 〕	*n.* 機智
tactics	〔 'tæktɪks 〕	*n. pl.* 策略
taciturn	〔 'tæsə,tɜn 〕	*adj.* 沉默寡言的
tack	〔 tæk 〕	*n.* 圖釘
tackle	〔 'tækḷ 〕	*v.* 處理
tactile	〔 'tæktḷ 〕	*adj.* 觸覺的
tangle	〔 'tæŋgḷ 〕	*v.* 糾纏
tangible	〔 'tændʒəbḷ 〕	*adj.* 可觸知的
tangerine	〔 'tændʒə,rin 〕	*n.* 橘子

【SAT 同義關鍵字】

1. **taciturn** *adj.* 沉默寡言的；無言的
   (= *silent* = *reticent* = *uncommunicative*)
   A *taciturn* man replied to my questions in monosyllables.
   （一個沉默寡言男人以單音節的字回答我的問題。）

2. **tactile** *adj.* 觸覺的；能觸知的；有形的 (= *tactual* = *touchable*)
   Listening to music involves not only hearing but also visual,
   tactile and emotional experiences.
   （聽音樂不僅涉及聽力，且涉及視覺，觸覺和情感體驗。）

3. **tangible** *adj.* 明確的；可觸知的；實際的；有形的
   (= *definite* = *concrete* = *solid* = *substantial*)
   There is *tangible* evidence that the economy is starting to
   recover. （有確切的證據顯示經濟開始復甦。）

122. tenacious

tent	〔 tɛnt 〕	*n.*	帳篷
tenant	〔'tɛnənt 〕	*n.*	房客
tenacious	〔 tɪ'neʃəs 〕	*adj.*	強韌的
tease	〔 tis 〕	*v.*	戲弄
tense	〔 tɛns 〕	*v.*	使緊張
terse	〔 tɝs 〕	*adj.*	簡潔的
theory	〔'θɪərɪ 〕	*n.*	理論
theology	〔'θɛrəpɪ 〕	*n.*	神學
theoretical	〔θɪə'rɛtɪḳ 〕	*adj.*	理論上的

【SAT 同義關鍵字】

1. **tenacious** *adj.* 強韌的；堅持的；黏著力強的
   (= *persevering* = *persistent* = *unyielding*)
   We will be *tenacious* problem solvers focused on customer satisfaction. (我們將會是專注於客戶滿意度、頑強問題的解決者。)

2. **terse** *adj.* 簡潔的；精練的 (= *brief* = *concise* = *succinct*)
   My comments on the first manuscript were fairly *terse* and probably about a page long.
   (我對於第一手稿的評論相當簡潔，大概有一頁長。)

3. **theology** *n.* 神學；神學系統 (= *divinity*)
   Many *theologies* express the same ideas.
   (許多神學理論表達同一種思想。)

123. threadbare

threat	〔 θrɛt 〕	*n.* 威脅
thread	〔 θrɛd 〕	*n.* 線
threadbare	〔 'θrɛd,bɛr 〕	*adj.*（衣服）穿舊的
three	〔 θri 〕	*n.* 三
thrift	〔 θrɪft 〕	*n.* 節儉
thrifty	〔 'θrɪftɪ 〕	*adj.* 節儉的
war	〔 wɔr 〕	*n.* 戰爭
wart	〔 wɔrt 〕	*n.* 缺點
thwart	〔 θwɔrt 〕	*v.* 阻撓

【SAT 同義關鍵字】

1. **threadbare** *adj.*（衣服）穿舊的，破爛的；衣衫襤褸的
   ；乏味的（ = *worn-out* = *shabby* = *ragged* ）
   He wore his jeans ***threadbare***.（他把牛仔褲都穿破了。）

2. **thrifty** *adj.* 節儉的；節約的
   (= *economical* = *frugal* = *prudent*)
   My mother taught me to be ***thrifty***.
   （我母親教我要節儉。）

threadbare jeans

3. **thwart** *v.* 阻撓；使受挫折；反對 (= *stop* = *hinder* = *obstruct*)
   adj. 橫放的；橫著的
   Our plans for a picnic were ***thwarted*** by the rain.
   （我們的野餐計劃因雨受阻。）

124. timorous

timber	﹝'tɪmbɚ﹞	*n.*	木材
timid	﹝'tɪmɪd﹞	*adj.*	膽小的
timorous	﹝'tɪmərəs﹞	*adj.*	膽怯的
torture	﹝'tɔrtʃɚ﹞	*n.*	折磨
torpor	﹝'tɔrpɚ﹞	*n.*	遲鈍
torment	﹝'tɔrmɛnt﹞	*n.*	折磨
tow	﹝to﹞	*v.*	拖
town	﹝taʊn﹞	*n.*	城鎮
tout	﹝taʊt﹞	*v.*	招攬顧客

【SAT 同義關鍵字】

1. **timorous** *adj.* 膽怯的；易受驚的 (= *fearful* = *cowardly* = *timid*)
It is very unusual for Ted to be so ***timorous***.
（泰德表現如此膽怯實在反常。）

2. **torpor** *n.* 遲鈍；不活潑；懶散
(= *inactivity* = *inertness* = *listlessness*)

timorous

Hopefully, they will awaken from their long ***torpor*** and rise to
the challenges of the times.
（但願他們會從他們長期的懶散中甦醒，迎接時代的挑戰。）

3. **tout** *v.* 招攬顧客；兜售（理念、想法）(= *solicit* = *canvass*)
He visited several foreign countries to ***tout*** for business.
（他為招攬生意走訪了一些國家。）

125. traduce

trader	〔 tredɚ 〕	*n.*	商人
traduce	〔 trəˈdjus 〕	*v.*	中傷
trademark	〔ˈtredˌmɑrk 〕	*n.*	商標
tranquil	〔ˈtræŋkwɪl 〕	*adj.*	平靜的
tranquility	〔 træŋˈkwɪlətɪ 〕	*n.*	寧靜
tranquilizer	〔ˈtræŋkwɪˌlaɪzɚ 〕	*n.*	鎮定劑
refuse	〔 rɪˈfjuz 〕	*v.*	拒絕
confuse	〔 kənˈmjut 〕	*v.*	使困惑
transfuse	〔 trænsˈfjuz 〕	*v.*	輸（血）

【SAT 同義關鍵字】

1. **traduce** *v.* 中傷；誹謗（ = *malign* = *smear* = *decry* ）

   His opponents tried to ***traduce*** the candidate's reputation by spreading rumors about his past.

   （該候選人的對手設法散播有關他過去的謠言，來中傷他的聲譽。）

2. **tranquility** *n.* 寧靜；平穩（ = *peacefulness* = *serenity* = *placidity* ）

   There is no electronic device to distract guests from enjoying the beauty and ***tranquility*** of the island.

   （這裡沒有電子設備干擾享受著海島的美麗和寧靜的遊客。）

3. **transfuse** *v.* 輸（血）；灌輸；傾注；注射（ = *instill* = *impart* ）

   She ***transfused*** a love of literature to her students.

   （她把對文學的熱愛灌注給她的學生。）

126. transgress

transfer	〔 træns'fɝ 〕	*v.*	轉換
transgress	〔 træns'grɛs 〕	*v.*	違反
transgression	〔 træns'grɛʃən 〕	*n.*	違法
transcend	〔 træn'sɛnd 〕	*v.*	超越
transcendent	〔 træn'sɛndənt 〕	*adj.*	超然的
transcendental	〔,trænsɛn'dɛntḷ 〕	*adj.*	超凡的
transit	〔'trænsɪt 〕	*n.*	運輸
transient	〔'trænzɪənt 〕	*adj.*	短暫的
transition	〔 træn'zɪʃən 〕	*n.*	過渡時期

【SAT 同義關鍵字】

1. **transgress** *v.* 違反（規則、法律等）；侵犯；越過（限度、範圍等）(= *overstep* = *trespass* = *infringe*)
   His behavior ***transgressed*** the unwritten rules of social conduct. (他的行為違反了不成文的社會行為規範。)

2. **transcendent** *adj.* 超然的；超脫的
   (= *incomparable* = *unparalleled* = *unrivalled*)
   Networking idealists have preferred to believe that online communities have a ***transcendent*** sociological value.
   (網路理想主義者傾向認為網路社區有種超然的社會學價值。)

3. **transient** *adj.* 短暫的；一時的；瞬間的 (= *ephemeral* = *fleeting* = *passing* = *transitory* = *evanescent*)　*n.* 短暫居住者；過往旅客
   Her feeling of depression was ***transient***.
   (她的抑鬱情緒一會兒就過去了。)

127. transitory

transitive	〔'trænsətɪv 〕	*adj.*	及物的
transitory	〔'trænsəˌtorɪ 〕	*adj.*	短暫的
transitional	〔 træn'zɪʃənḷ 〕	*adj.*	過渡時期的
transmit	〔 træns'mɪt 〕	*v.*	發送
transmute	〔 træns'mjut 〕	*v.*	使變樣
transmission	〔 træns'mɪʃən 〕	*n.*	傳輸信號
travel	〔'trævḷ 〕	*v.*	旅行
travail	〔'trævel 〕	*n.*	艱苦勞動
traveler	〔'trævlɚ 〕	*n.*	旅客

【SAT 同義關鍵字】

1. **transitory** *adj.* 短暫的;瞬息的
   (= *evanescent* = *temporary* = *transient*)
   Most teenage romances are ***transitory***.
   (大多數青少年時期的戀情是轉瞬即逝的。)

Alchemist

2. **transmute** *v.* 使變樣;使變化
   (= *convert* = *transform* = *transfigure*)
   Alchemists tried to ***transmute*** lead into gold.
   (煉金術士試圖使鉛變成金子。)

3. **travail** *n.* 艱苦勞動;辛勤工作 (= *hardship* = *labor* = *exertion*)
   Decades of ***travail*** were needed to build the Great Wall.
   (修築長城需要幾十年的艱苦勞動。)

128. treachery

treasure	﹝ˈtrɛʒɚ﹞	*n.*	金銀財寶
treasury	﹝ˈtrɛʒərɪ﹞	*adj.*	寶庫
treachery	﹝ˈtrɛtʃərɪ﹞	*n.*	背叛
trench	﹝trɛntʃ﹞	*n.*	溝渠
trenchant	﹝ˈtrɛntʃənsɪ﹞	*n.*	銳利
trenchancy	﹝ˈtrɛntʃənt﹞	*adj.*	直言不諱的
trend	﹝trɛnd﹞	*n.*	趨勢
trepid	﹝ˈtrɛpɪd﹞	*adj.*	膽小的
trepidation	﹝ˌtrɛpəˈdeʃən﹞	*n.*	驚恐

【SAT 同義關鍵字】

1. **treachery**　*n.* 背叛；背信棄義 (= *disloyalty* = *betrayal* = *perfidy*)
   He was wounded by the ***treachery*** of old friends.
   （他被老朋友的背叛所傷。）

2. **trenchant**　*adj.* 直言不諱的；尖銳的
   (= *incisive* = *scathing* = *astringent* = *pungent*)
   His comment on this movie was ***trenchant*** and perceptive.
   （他對於這部電影的評論是犀利敏銳的。）

3. **trepidation**　*n.* 驚恐；慌張；不安
   (= *worry* = *uneasiness* = *agitation* = *anxiety* = *apprehension*)
   I waited for the results in a state of some ***trepidation***.
   （我有些惶恐不安地等待著結果。）

129. *tribulation*

tribute	(ˈtrɪbjut)	*n.*	貢品
tributary	(ˈtrɪbjəˌtɛrɪ)	*adj.*	進貢的
tribulation	(ˌtrɪbjəˈleʃən)	*n.*	苦難
trivet	(ˈtrɪvɪt)	*n.*	炊具三腳架
trivia	(ˈtrɪvɪə)	*n.*	瑣事
trivial	(ˈtrɪvɪəl)	*adj.*	微不足道的
trump	(trʌmp)	*n.*	王牌
trumpet	(ˈtrʌmpɪt)	*n.*	小號
trumpery	(ˈtrʌmpərɪ)	*adj.*	無趣的

【SAT 同義關鍵字】

1. **tribulation** *n.* 苦難；磨難 (= *suffering* = *misery* = *misfortune*)
   After many trials and *tribulations*, we finally reached our
   destination. (經過了許多考驗和磨難之後，我們終於到達了目的地。)

2. **trivial** *adj.* 微不足道的；普通的
   (= *unimportant* = *worthless* = *insignificant*)
   I'm sorry to bother you with what must seem a *trivial*
   problem. (用一個似乎微不足道的問題打擾您，我感到抱歉。)

3. **trumpery** *adj.* 廉價的；毫無價值的
   (= *worthless* = *useless* = *rubbishy*)
   Last week she went to the market and stole *trumpery* jewelry
   from a vendor. (上週她去市場，偷了攤商的廉價珠寶。)

130. truculent

truck	〔 trʌk 〕	*v.*	卡車
trunk	〔 trʌŋk 〕	*n.*	樹幹
truculent	〔ˈtrʌkjələnt 〕	*adj.*	兇狠的
turkey	〔ˈtɝkɪ 〕	*n.*	火雞
turmoil	〔ˈtɝmɔɪl 〕	*n.*	騷動
turbulence	〔ˈtɝbjələns 〕	*n.*	動盪
tycoon	〔 taɪˈkun 〕	*n.*	(企業界)大亨
tyrant	〔ˈtaɪrənt 〕	*n.*	暴君
tyranny	〔ˈtɪrənɪ 〕【注意發音】	*n.*	暴政

【SAT 同義關鍵字】

1. **truculent** *adj.* 兇狠的；野蠻的；好戰的；粗暴的；致命的；
   毀滅性的 (= *brutal* = *fierce* = *belligerent*)
   She turned from a ***truculent*** tot to a sullen teenager.
   (她從野蠻的小孩變成陰鬱的青少年。)

2. **turbulence** *n.* 動盪；(氣體等的)紊流；(海洋、天氣等的)
   狂暴 (= *disorder* = *commotion* = *turmoil*)
   The 1960s and early 1970s were a time of change and
   turbulence. (60 年代和 70 年代初期是一個風雲變換、動盪不安的時期。)

3. **tyranny** *n.* 暴政；專制；專橫的行為
   (= *authoritarianism* = *dictatorship* = *totalitarianism*)
   A tyrant will always find a pretext for his ***tyranny***.
   (暴君總是可以為自己的暴政找到藉口。)

131. *tyro*

type	〔 taɪp 〕	*n.*	類型
typo	〔 taɪpo 〕	*n.*	打字錯誤
tyro	〔'taɪro 〕	*n.*	初學者
umbrella	〔 ʌm'brɛlə 〕	*n.*	傘
umbrage	〔'ʌmbrɪdʒ 〕	*n.*	生氣
umbrageous	〔 ʌm'bredʒəs 〕	*adj.*	易怒的
uncle	〔'ʌŋkl̩ 〕	*n.*	舅舅
uncouth	〔 ʌn'kuθ 〕	*adj.*	粗野的
uncover	〔 ʌn'kʌvɚ 〕	*v.*	揭發

【SAT 同義關鍵字】

1. **tyro** *n.* 初學者;生手;新手 (*= beginner = initiate = novice*)
   Whether you're a vocational *tyro* or a big-name pro, you all
   have the chance to compete in the contest. (無論你是技職的初學
   者或大牌專家,人人都有機會在這場比賽中一較高下。)

2. **umbrage** *n.* 生氣;憤怒 (*= offense = irritation = resentment*)
   He takes umbrage at anyone who criticizes him.
   (他對任何批評他的人生氣。)

3. **uncouth** *adj.* 粗野的;無教養的 (*= rude = barbaric = boorish*)
   She may embarrass you with her *uncouth* behavior.
   (她的粗野行為可能會讓你尷尬。)

132. undermine

underline	(͵ʌndɚˈlaɪn)	v.	在…之下畫線
undermine	(͵ʌndɚˈmaɪn)	v.	逐漸損害
underestimate	(͵ʌndɚˈɛstɪ͵met)	v.	低估
unlock	(ʌnˈlɑk)	v.	解鎖
unpack	(ʌnˈpæk)	v.	打開（包裹）
unerring	(ʌnˈɝɪŋ)	adj.	無誤的
intelligent	(ɪnˈtɛlədʒənt)	adj.	聰明的
intelligible	(ɪnˈtɛlədʒəbl̩)	adj.	可理解的
unintelligible	(͵ʌnɪnˈtɛlədʒəbl̩)	adj.	難理解的

【SAT 同義關鍵字】

1. **undermine** v. 逐漸損害；暗中破壞；在…下挖坑道；
   侵蝕…的基礎 (= *impair* = *sabotage* = *weaken*)
   The bad cold had ***undermined*** her health.
   （重感冒損害了她的健康。）

2. **unerring** adj. 無誤的；準確的 (= *exact* = *faultless* = *accurate*)
   No single risk factor or combination can predict economy with
   unerring accuracy.
   （沒有任何單一風險因素或組合可以用準確地預測經濟。）

3. **unintelligible** adj. 難理解的；晦澀難懂的
   (= *incomprehensible* = *indecipherable* = *uncomprehensible*)
   He answered in words ***unintelligible*** to her.
   （他用她聽不懂的話來回答。）

自我測驗　121～132

※ 請看下面中文，唸出英文來，你會唸得很痛快。

121. □ 機智 _____
　　 □ 策略 _____
　　 □ 沉默寡言的 _____

　　 □ 圖釘 _____
　　 □ 處理 _____
　　 □ 觸覺的 _____

　　 □ 糾纏 _____
　　 □ 可觸知的 _____
　　 □ 橘子 _____

122. □ 帳篷 _____
　　 □ 房客 _____
　　 □ 強韌的 _____

　　 □ 戲弄 _____
　　 □ 使緊張 _____
　　 □ 簡潔的 _____

　　 □ 理論 _____
　　 □ 神學 _____
　　 □ 理論上的 _____

123. □ 威脅 _____
　　 □ 線 _____
　　 □ （衣服）穿舊的 _____

　　 □ 三 _____
　　 □ 節儉 _____
　　 □ 節儉的 _____

　　 □ 戰爭 _____
　　 □ 缺點 _____
　　 □ 阻撓 _____

124. □ 木材 _____
　　 □ 膽小的 _____
　　 □ 膽怯的 _____

　　 □ 折磨 _____
　　 □ 遲鈍 _____
　　 □ 折磨 _____

　　 □ 拖 _____
　　 □ 城鎮 _____
　　 □ 招攬顧客 _____

125. □ 商人 _____
　　 □ 中傷 _____
　　 □ 商標 _____

　　 □ 平靜的 _____
　　 □ 寧靜 _____
　　 □ 鎮定劑 _____

　　 □ 拒絕 _____
　　 □ 使困惑 _____
　　 □ 輸（血） _____

126. □ 轉換 _____
　　 □ 違反 _____
　　 □ 違法 _____

　　 □ 超越 _____
　　 □ 超然的 _____
　　 □ 超凡的 _____

　　 □ 運輸 _____
　　 □ 短暫的 _____
　　 □ 過渡時期 _____

127. ☐ 及物的 _____
☐ 短暫的 _____
☐ 過渡時期的 _____

☐ 發送 _____
☐ 使變樣 _____
☐ 傳輸信號 _____

☐ 旅行 _____
☐ 艱苦勞動 _____
☐ 旅客 _____

128. ☐ 金銀財寶 _____
☐ 寶庫 _____
☐ 背叛 _____

☐ 溝渠 _____
☐ 銳利 _____
☐ 直言不諱的 _____

☐ 趨勢 _____
☐ 膽小的 _____
☐ 驚恐 _____

129. ☐ 貢品 _____
☐ 進貢的 _____
☐ 苦難 _____

☐ 炊具三腳架 _____
☐ 瑣事 _____
☐ 微不足道的 _____

☐ 王牌 _____
☐ 小號 _____
☐ 無趣的 _____

130. ☐ 卡車 _____
☐ 樹幹 _____
☐ 兇狠的 _____

☐ 火雞 _____
☐ 騷動 _____
☐ 動盪 _____

☐ （企業界）大亨 _____
☐ 暴君 _____
☐ 暴政 _____

131. ☐ 類型 _____
☐ 打字錯誤 _____
☐ 初學者 _____

☐ 傘 _____
☐ 生氣 _____
☐ 易怒的 _____

☐ 舅舅 _____
☐ 粗野的 _____
☐ 揭發 _____

132. ☐ 在…之下畫線 _____
☐ 逐漸損害 _____
☐ 低估 _____

☐ 解鎖 _____
☐ 打開（包裹） _____
☐ 無誤的 _____

☐ 聰明的 _____
☐ 可理解的 _____
☐ 難理解的 _____

※ 請看下面英文，唸出中文來，還有哪個字你不認識嗎 ?!

121. ☐ tact _____
☐ tactics _____
☐ taciturn _____

☐ tack _____
☐ tackle _____
☐ tactile _____

☐ tangle _____
☐ tangible _____
☐ tangerine _____

122. ☐ tent _____
☐ tenant _____
☐ tenacious _____

☐ tease _____
☐ tense _____
☐ terse _____

☐ theory _____
☐ theology _____
☐ theoretical _____

123. ☐ threat _____
☐ thread _____
☐ threadbare _____

☐ three _____
☐ thrift _____
☐ thrifty _____

☐ war _____
☐ wart _____
☐ thwart _____

124. ☐ timber _____
☐ timid _____
☐ timorous _____

☐ torture _____
☐ torpor _____
☐ torment _____

☐ tow _____
☐ town _____
☐ tout _____

125. ☐ trader _____
☐ traduce _____
☐ trademark _____

☐ tranquil _____
☐ tranquility _____
☐ tranquilizer _____

☐ refuse _____
☐ confuse _____
☐ transfuse _____

126. ☐ transfer _____
☐ transgress _____
☐ transgression _____

☐ transcend _____
☐ transcendent _____
☐ transcendental _____

☐ transit _____
☐ transient _____
☐ transition _____

127. ☐ transitive _____
☐ transitory _____
☐ transitional _____

☐ transmit _____
☐ transmute _____
☐ transmission _____

☐ travel _____
☐ travail _____
☐ traveler _____

128. ☐ treasure _____
☐ treasury _____
☐ treachery _____

☐ trench _____
☐ trenchant _____
☐ trenchancy _____

☐ trend _____
☐ trepid _____
☐ trepidation _____

129. ☐ tribute _____
☐ tributary _____
☐ tribulation _____

☐ trivet _____
☐ trivia _____
☐ trivial _____

☐ trump _____
☐ trumpet _____
☐ trumpery _____

130. ☐ truck _____
☐ trunk _____
☐ truculent _____

☐ turkey _____
☐ turmoil _____
☐ turbulence _____

☐ tycoon _____
☐ tyrant _____
☐ tyranny _____

131. ☐ type _____
☐ typo _____
☐ tyro _____

☐ umbrella _____
☐ umbrage _____
☐ umbrageous _____

☐ uncle _____
☐ uncouth _____
☐ uncover _____

132. ☐ underline _____
☐ undermine _____
☐ underestimate _____

☐ unlock _____
☐ unpack _____
☐ unerring _____

☐ intelligent _____
☐ intelligible _____
☐ unintelligible _____

133. unkempt

undo	(ʌn'du)	v. 恢復
unfold	(ʌn'fold)	v. 展開
unkempt	(ʌn'kɛmpt)	adj. 未整理的
ostentation	(ˌɑstən'teʃən)	n. 炫耀
ostentatious	(ˌɑstən'teʃəs)	adj. 炫耀賣弄的
unostentatious	(ˌʌnɑstən'teʃəs)	adj. 不賣弄的
precedent	('prɛsədənt)	n. 先例
precedented	(ˌprɛ'sədəntɪd)	adj. 有前例的
unprecedented	(ʌn'prɛsəˌdɛntɪd)	adj. 無先例的

【SAT 同義關鍵字】

1. **unkempt** *adj.* 未整理的;不整潔的 (= *messy* = *sloppy* = *untidy*)
   He apologized for his ***unkempt*** appearance.
   (他為他蓬頭垢面的樣子表示歉意。)

2. **unostentatious** *adj.* 不賣弄的;不誇耀的;不矯飾的
   (= *unpretending* = *unpretentious* = *unextravagant*)
   The decoration of his office is ***unostentatious***.
   (他辦公室的佈置樸素。)

3. **unprecedented** *adj.* 無先例的;空前的
   (= *exceptional* = *unexampled* = *ground-breaking*)
   The scheme has been hailed as an ***unprecedented*** success.
   (該計劃已被譽為前所未有的成功。)

134. unravel

unreal	〔 ʌn'ril 〕	*adj.*	不真實的
unread	〔 ʌn'rɛd 〕	*adj.*	無學識的
unravel	〔 ʌn'rævḷ 〕	*v.*	解開
braid	〔 bred 〕	*n.*	辮子
upbraid	〔 ʌp'bred 〕	*v.*	責罵
upbringing	〔'ʌp,brɪŋɪŋ 〕	*n.*	養育
uproll	〔 ʌp'rol 〕	*v.*	捲起
uproar	〔'ʌp,ror 〕	*n.*	騷動
uproarious	〔 ʌp'rorɪəs 〕	*adj.*	喧囂的

【SAT 同義關鍵字】

1. **unravel** *v.* 解開；弄清；崩解；走向失敗
   (= *resolve* = *work out* = *solve*)
   The experts ***unraveled*** a mystery. (專家們揭開了一個謎。)

2. **upbraid** *v.* 責罵；訓斥
   (= *scold* = *rebuke* = *reprimand*)
   Mary's boss ***upbraided*** her for losing
   customers.
   (瑪麗的上司因她流失客戶而責罵她。)

3. **uproarious** *adj.* 喧囂的；騷動的 (= *noisy* = *riotous* = *clamorous*)
   He had spent several ***uproarious*** evenings at the
   Embassy Club. (他在使館俱樂部度過了幾個喧囂的晚上。)

135. urbane

urban	〔'ɝbən 〕	*adj.*	都市的
urbane	〔 ɝ'ben 〕	*adj.*	溫文爾雅的
suburban	〔 sə'bɝbən 〕	*adj.*	郊區的
use	〔 juz 〕	*v.*	使用
user	〔'juzɚ 〕	*n.*	使用者
usurp	〔 ju'zɝp 〕	*v.*	篡奪
vaccine	〔'væksin 〕	*n.*	疫苗
vacancy	〔'vekənsɪ 〕	*n.*	空缺
vacillate	〔'væsḷ͵et 〕	*v.*	猶豫

【SAT 同義關鍵字】

1. **urbane** *adj.* 溫文爾雅的；彬彬有禮的
   (= *cultured* = *civilized* = *cultivated*)
   They didn't want to be ***urbane***, or to know what is great in human achievement.
   （他們不想溫文爾雅或知道人類偉大的成就是什麼。）

2. **usurp** *v.* 篡奪；奪取；侵佔 (= *arrogate* = *appropriate* = *seize*)
   Their position enabled them to ***usurp*** power.
   （他們所處的地位使其得以奪權。）

3. **vacillate** *v.* 猶豫；動搖；躊躇；搖擺；波動
   (= *hesitate* = *sway* = *waver*)
   She is ***vacillating*** between hope and fear.
   （她在希望和恐懼之間搖擺不定。）

136. vacuous

vacant	(′vekənt)	adj.	空白的
vacuum	(′vækjuəm)	n.	眞空
vacuous	(′vækjuəs)	adj.	空虛的
vain	(ven)	adj.	愛慕虛榮的
vague	(veg)	adj.	模糊的
vagrant	(′vegrənt)	n.	流浪者
vapor	(′vepɚ)	n.	水蒸汽
vaporize	(′vepə͵raɪz)	v.	蒸發
vapid	(′væpɪd)	adj.	無趣的

【SAT 同義關鍵字】

1. **vacuous** *adj.* 空虛的；無聊的；漫無目的的；空洞的；
   沒有思想感情的 (= *empty* = *hollow* = *vacant* = *vapid*)
   Young people should not live a ***vacuous*** life.
   (年輕人不該過著漫無目的的生活。)

2. **vagrant** *n.* 流浪者；乞丐 (= *beggar* = *vagabond* = *wanderer*)
   adj. 遊蕩的
   The new mayor is working hard to decrease the number of
   vagrants in the city. (新市長正在努力減少市裡流浪漢的數目。)

3. **vapid** *adj.* 無趣的；無生氣的；無味的
   (= *boring* = *flat* = *uninteresting* = *dull*)
   She finds the ideal occupation of her other sisters extremely
   vapid. (她覺得她其他姊妹的理想職業極度無趣。)

137. venal

vend	〔 vɛnd 〕	*v.* 出售
vent	〔 vɛnt 〕	*n.* 排氣口
venal	〔'vinḷ〕	*adj.* 貪贓枉法的
veteran	〔'vɛtərən〕	*n.* 退役軍人
venerate	〔'vɛnəˌret〕	*v.* 尊敬
venerable	〔'vɛnərəbḷ〕	*adj.* 可尊敬的
verb	〔 vɝb 〕	*n.* 動詞
verbal	〔'vɝbḷ〕	*adj.* 口頭的
verbatim	〔vɝ'betɪm〕	*adj.* 逐字的

【SAT 同義關鍵字】

1. **venal** *adj.* 貪贓枉法的；腐敗的；可收買的
   (= *bribable* = *corrupt* = *crooked*)
   The politicians organize their energies by picking fights with
   venal foes. (政客們打擊腐敗的政敵以組織他們的力量。)
   【比較】venail〔'vɪnɪəl〕*adj.* 可原諒的；輕微的

2. **venerate** *v.* 尊敬；崇敬 (= *respect* = *revere* = *worship*)
   Robert was a decent doctor and I always ***venerated*** him.
   (羅伯特是個好醫生，我向來敬重他。)

3. **verbatim** *adj.* 逐字的 (= *literal* = *word for word*)   *n.* 逐字稿
   He gave me a ***verbatim*** report of the entire conversation.
   (他給我的整個會談的逐字稿。)

138. verbose

vase	〔 ves 〕	*n.* 花瓶
various	〔'vɛrɪəs 〕	*adj.* 各式各樣的
verbose	〔 vɝ'bos 〕	*adj.* 囉唆的
validity	〔 və'lɪdətɪ 〕	*n.* 效力
variety	〔 və'raɪətɪ 〕	*n.* 多樣性
veracity	〔 və'ræsətɪ 〕	*n.* 誠實
similar	〔'sɪmələ 〕	*adj.* 類似的
similitude	〔 sə'mɪlə,tud 〕	*n.* 相似
verisimilitude	〔,vɛrəsə'mɪlə,tud 〕	*n.* 逼眞的事物

【SAT 同義關鍵字】

1. **verbose** *adj.* 囉嗦的；冗長的
(= *talkative* = *wordy* = *redundant*)
When drunk, he becomes pompous and
verbose. (當他喝醉時，他變得自大又囉唆。)

drunk

2. **veracity** *n.* 誠實；眞實 (= *credibility* = *honesty* = *frankness*)
He was shocked to find his ***veracity*** being questioned.
(他震驚地發現他的誠實受到質疑。)

3. **verisimilitude** *n.* 逼眞；貌似眞實
(= *authenticity* = *likeness* = *resemblance*)
Computer animation is costly at this level of visual
verisimilitude.
(電腦動畫做到這種層級的視覺逼眞效果是非常昂貴的。)

139. *vindicate*

victim	〔'vɪktɪm〕	*n.*	犧牲者
victory	〔'vɪktərɪ〕	*n.*	勝利
vindicate	〔'vɪndə,ket〕	*v.*	證明…無辜
villa	〔'vɪlə〕	*n.*	別墅
villain	〔'vɪlən〕	*n.*	惡棍
vilify	〔'vɪlə,faɪ〕	*v.*	誹謗
virtue	〔'vɝtʃʊ〕	*n.*	美德
virtual	〔'vɝtʃʊəl〕	*adj.*	虛擬的
virtuoso	〔,vɝtʃʊ'oso〕	*n.*	大師

【**SAT 同義關鍵字**】

1. **vindicate** *v.* 證明…無辜;維護;主持
   (= *exculpate* = *exonerate* = *acquit* = *absolve*)
   The report of the committee ***vindicated*** him.
   (委員會的報告說明他是清白的。)

2. **vilify** *v.* 誹謗 (= *censure* = *denigrate* = *slander*)
   He has been ***vilified*** in the tabloid press.
   (他一直被八卦小報詆毀。)

tabloid press

3. **virtuoso** *n.* 大師;專家;音樂名手 (= *adept* = *artist*
   = *grandmaster*)   *adj.* 藝術愛好者 (或鑑賞家) 的;行家的
   She is a dancing ***virtuoso***, and her dance seems to tell you the
   meaning of life.
   (她是位舞蹈大師,她的舞蹈似乎在告訴你生命的意義。)

140. virulent

virus	〔'vaɪrəs 〕	*n.*	病毒
virulent	〔'vɪrjələnt 〕	*adj.*	致命的
virulence	〔'vɪrjələns 〕	*n.*	劇毒
volcano	〔val'keno 〕	*n.*	火山
volatile	〔'valətḷ 〕	*adj.*	（局勢）不穩的
reptile	〔'rɛptḷ 〕	*n.*	爬蟲類
value	〔'væljʊ 〕	*n.*	價值
volume	〔'valjəm 〕	*n.*	音量
voluble	〔'valjəbḷ 〕	*adj.*	健談的

【SAT 同義關鍵字】

1. **virulent** *adj.* 致命的；劇毒的（= *deadly* = *lethal* = *venomous*）
   A *virulent* form of the disease has appeared in Belgium.
   （此疾病的致命型已出現在比利時。）

2. **volatile** *adj.* （局勢）不穩的；（人）反覆無常的；易發作的；
   爆炸性的；易揮發的（= *changeable* = *unsettled* = *unstable*）
   The situation in that area was tense, dangerous and *volatile*.
   （該地區的局勢緊張、危險，且有一觸即發之勢。）

3. **voluble** *adj.* 健談的；口若懸河般的
   （= *articulate* = *communicative* = *fluent*）
   Bert is a *voluble*, gregarious man.
   （伯特是一個健談、合群的人。）

141. volition

vacation	〔 ve'keʃən 〕	*n.*	假期
vocation	〔 vo'keʃən 〕	*n.*	職業
volition	〔 vo'lıʃən 〕	*n.*	意志
vomit	〔 'vɑmɪt 〕	*v.*	嘔吐
voluntary	〔 'vɑlən,tɛrɪ 〕	*adj.*	自願的
voluminous	〔 və'lumənəs 〕	*adj.*	大量的
vocabulary	〔 və'kæbjə,lɛrɪ 〕	*n.*	字彙
vocational	〔 vo'keʃənḷ 〕	*adj.*	職業的
voracious	〔 vo'reʃəs 〕	*adj.*	狼吞虎嚥的

【SAT 同義關鍵字】

1. **volition** *n.* 意志；決斷 (*= free will = resolution = discretion*)
   Helena left the company of her own *volition*.
   （海倫娜自願離開了公司。）

2. **voluminous** *adj.* 大量的；容量大的；龐大的；著作多的
   (*= copious = massive = prolific = abundant*)
   I took *voluminous* notes for this essential meeting.
   （為了這場重要會議，我作了大量筆記。）

3. **voracious** *adj.* 狼吞虎嚥的；貪婪的；渴求的
   (*= avid = insatiable = unquenchable*)
   Though his days were consumed with farm work, he was a
   voracious reader.
   （雖然他的時間都花在農事工作，但他仍是一位貪婪的讀者。）

142. wane

wade	〔 wed 〕	*v.*	涉水
wage	〔 wedʒ 〕	*n.*	工資
wane	〔 wen 〕	*n.*	逐漸減弱
way	〔 we 〕	*n.*	方式
wary	〔 wɛrɪ 〕	*adj.*	小心的
wayward	〔'wewəd 〕	*adj.*	倔強的
weed	〔 wid 〕	*n.*	雜草
wheel	〔 hwil 〕	*n.*	車輪
wheedle	〔'hwidḷ 〕	*v.*	哄騙

【SAT 同義關鍵字】

1. **wane** *v.* 逐漸減弱；(月亮) 盈缺 (= *dwindle* = *ebb* = *subside*)
   My enthusiasm for the project was ***waning***.
   (我對這計劃的熱情逐漸淡去了。)

2. **wayward** *adj.* 倔強的；任性的；混亂的
   (= *unruly* = *disobedient* = *intractable*)
   The central government claims it can enforce its wishes over
   wayward local administrations.
   (中央政府聲稱它可以強制任性的地方行政機關執行其意願。)

3. **wheedle** *v.* 連哄帶騙；以甜言蜜語誘惑 < *into* >
   (= *cajole* = *coax* = *entice*)
   They tried to ***wheedle*** her into leaving the house.
   (他們想哄騙她離開這屋子。)

143. whimsical

whip	〔 hwɪp 〕	*v.*	抽打
whisk	〔 hwɪsk 〕	*n.*	攪拌器
whimsical	〔'hwɪmzɪkḷ 〕	*adj.*	怪誕的
wit	〔 wɪt 〕	*n.*	機智
witty	〔'wɪtɪ 〕	*adj.*	機智的
witticism	〔 wɪtə'sɪzəm 〕	*n.*	妙語
will	〔 wɪl 〕	*n.*	意志力
willing	〔'wɪlɪŋ 〕	*adj.*	願意的
willful	〔'wɪlfəl 〕	*adj.*	任性的

【SAT 同義關鍵字】

1. **whimsical** *adj.* 怪誕的；異想天開的；反覆無常的
   (= *weird* = *eccentric* = *peculiar*)
   He had an offbeat, *whimsical* sense of humor.
   （他有一種另類、怪誕的幽默感。）

2. **witticism** *n.* 妙語；名言；俏皮話 (= *joke* = *jest* = *quip*)
   He tries to lighten his lectures with *witticisms*.
   （他試著用俏皮話讓他的講座有亮點。）

3. **willful** *adj.* 任性的；固執的；故意的
   (= *wayward* = *headstrong* = *self-willed*)
   She was a *willful* child. （她是個任性的孩子。）

willful child

144. yardstick

yacht	〔 jɑt 〕	*n.* 遊艇
yard	〔 jɑrd 〕	*n.* 院子
yardstick	〔'jɑrdˌstɪk 〕	*n.* 評價標準
yell	〔 jɛl 〕	*v.* 大叫
yolk	〔 jok 〕	*n.* 蛋黃
yowl	〔 jaʊl 〕	*v.* 慘叫
zero	〔'zɪro 〕	*n.* 零
zeal	〔 zil 〕	*n.* 熱忱
zealot	〔'zɛlət 〕【注意發音】	*n.* 狂熱者

【SAT 同義關鍵字】

1. **yardstick** *n.* 評價標準；衡量標準
   (= *standard* = *measure* = *criterion*)

   Do you think the TOEFL score is a good *yardstick* for English proficiency? (你認為托福成績是一種衡量英語精通程度的好標準嗎？)

2. **yowl** *v. n.* 慘叫；嚎叫 (= *scream* = *yell* = *whine*)

   A tomcat was *yowling* out on the lawn.
   (一隻公貓在草坪上哀叫。)

3. **zealot** *n.* 狂熱者；熱衷者 (= *fanatic* = *enthusiast* = *maniac*)

   He was forceful but by no means a *zealot*.
   (他很有影響力，但他絕不是一個狂熱分子。)

自我測驗 133～144

※ 請看下面中文，唸出英文來，你會唸得很痛快。

133. □ 恢復 _____
  □ 展開 _____
  □ 未整理的 _____

  □ 炫耀 _____
  □ 炫耀賣弄的 _____
  □ 不賣弄的 _____

  □ 先例 _____
  □ 有前例的 _____
  □ 無先例的 _____

134. □ 不真實的 _____
  □ 無學識的 _____
  □ 解開 _____

  □ 辮子 _____
  □ 責罵 _____
  □ 養育 _____

  □ 捲起 _____
  □ 騷動 _____
  □ 喧囂的 _____

135. □ 都市的 _____
  □ 溫文爾雅的 _____
  □ 郊區的 _____

  □ 使用 _____
  □ 使用者 _____
  □ 篡奪 _____

  □ 疫苗 _____
  □ 空缺 _____
  □ 猶豫 _____

136. □ 空白的 _____
  □ 真空 _____
  □ 空虛的 _____

  □ 愛慕虛榮的 _____
  □ 模糊的 _____
  □ 流浪者 _____

  □ 水蒸汽 _____
  □ 蒸發 _____
  □ 無趣的 _____

137. □ 出售 _____
  □ 排氣口 _____
  □ 貪贓枉法的 _____

  □ 退役軍人 _____
  □ 尊敬 _____
  □ 可尊敬的 _____

  □ 動詞 _____
  □ 口頭的 _____
  □ 逐字的 _____

138. □ 花瓶 _____
  □ 各式各樣的 _____
  □ 囉唆的 _____

  □ 效力 _____
  □ 多樣性 _____
  □ 誠實 _____

  □ 類似的 _____
  □ 相似 _____
  □ 逼真的事物 _____

139. ☐ 犧牲者 _____
☐ 勝利 _____
☐ 證明…無辜 _____

☐ 別墅 _____
☐ 惡棍 _____
☐ 誹謗 _____

☐ 美德 _____
☐ 虛擬的 _____
☐ 大師 _____

140. ☐ 病毒 _____
☐ 致命的 _____
☐ 劇毒 _____

☐ 火山 _____
☐ （局勢）不穩的 _____
☐ 爬蟲類 _____

☐ 價值 _____
☐ 音量 _____
☐ 健談的 _____

141. ☐ 假期 _____
☐ 職業 _____
☐ 意志 _____

☐ 嘔吐 _____
☐ 自願的 _____
☐ 大量的 _____

☐ 字彙 _____
☐ 職業的 _____
☐ 狼吞虎嚥的 _____

142. ☐ 涉水 _____
☐ 工資 _____
☐ 逐漸減弱 _____

☐ 方式 _____
☐ 小心的 _____
☐ 倔強的 _____

☐ 雜草 _____
☐ 車輪 _____
☐ 哄騙 _____

143. ☐ 抽打 _____
☐ 攪拌器 _____
☐ 怪誕的 _____

☐ 機智 _____
☐ 機智的 _____
☐ 妙語 _____

☐ 意志力 _____
☐ 願意的 _____
☐ 任性的 _____

144. ☐ 遊艇 _____
☐ 院子 _____
☐ 評價標準 _____

☐ 大叫 _____
☐ 蛋黃 _____
☐ 慘叫 _____

☐ 零 _____
☐ 熱忱 _____
☐ 狂熱者 _____

※ 請看下面英文，唸出中文來，還有哪個字你不認識嗎 ?!

133. ☐ undo _____
     ☐ unfold _____
     ☐ unkempt _____

     ☐ ostentation _____
     ☐ ostentatious _____
     ☐ unostentatious _____

     ☐ precedent _____
     ☐ precedented _____
     ☐ unprecedented _____

134. ☐ unreal _____
     ☐ unread _____
     ☐ unravel _____

     ☐ braid _____
     ☐ upbraid _____
     ☐ upbringing _____

     ☐ uproll _____
     ☐ uproar _____
     ☐ uproarious _____

135. ☐ urban _____
     ☐ urbane _____
     ☐ suburban _____

     ☐ use _____
     ☐ user _____
     ☐ usurp _____

     ☐ vaccine _____
     ☐ vacancy _____
     ☐ vacillate _____

136. ☐ vacant _____
     ☐ vacuum _____
     ☐ vacuous _____

     ☐ vain _____
     ☐ vague _____
     ☐ vagrant _____

     ☐ vapor _____
     ☐ vaporize _____
     ☐ vapid _____

137. ☐ vend _____
     ☐ vent _____
     ☐ venal _____

     ☐ veteran _____
     ☐ venerate _____
     ☐ venerable _____

     ☐ verb _____
     ☐ verbal _____
     ☐ verbatim _____

138. ☐ vase _____
     ☐ various _____
     ☐ verbose _____

     ☐ validity _____
     ☐ variety _____
     ☐ veracity _____

     ☐ similar _____
     ☐ similitude _____
     ☐ verisimilitude _____

139. ☐ victim _____
☐ victory _____
☐ vindicate _____

☐ villa _____
☐ villain _____
☐ vilify _____

☐ virtue _____
☐ virtual _____
☐ virtuoso _____

140. ☐ virus _____
☐ virulent _____
☐ virulence _____

☐ volcano _____
☐ volatile _____
☐ reptile _____

☐ value _____
☐ volume _____
☐ voluble _____

141. ☐ vacation _____
☐ vocation _____
☐ volition _____

☐ vomit _____
☐ voluntary _____
☐ voluminous _____

☐ vocabulary _____
☐ vocational _____
☐ voracious _____

142. ☐ wade _____
☐ wage _____
☐ wane _____

☐ way _____
☐ wary _____
☐ wayward _____

☐ weed _____
☐ wheel _____
☐ wheedle _____

143. ☐ whip _____
☐ whisk _____
☐ whimsical _____

☐ wit _____
☐ witty _____
☐ witticism _____

☐ will _____
☐ willing _____
☐ willful _____

144. ☐ yacht _____
☐ yard _____
☐ yardstick _____

☐ yell _____
☐ yolk _____
☐ yowl _____

☐ zero _____
☐ zeal _____
☐ zealot _____

一口氣背 SAT 字彙索引